DER BRIEFMARKENSAMMLER

Foto: Petr Shorely

Håkan Lindquist, geboren im schwedischen Oskarshamn, lebt und arbeitet seit seinem neunzehnten Lebensjahr in Stockholm. 1993 veröffentlichte er seinen ersten Roman, der inzwischen in viele Sprachen übersetzt ist, darunter auch ins Deutsche mit dem Titel PAUL, MEIN GROSSER BRUDER. 1996 folgte der Roman DRÖM ATT LEVA, der 2008 im Bruno Gmünder Verlag unter dem Titel EIN TRAUM VOM LEBEN erschien. Der vorliegende Roman OM ATT SAMLA FRIMÄRKEN erschien 2003. Seit 2008 lebt der Autor zeitweise in der deutschen Hauptstadt, er ist gern in Berlin – und arbeitet hier an neuen Projekten.

Mehr Infos – auch auf Deutsch – gibt es unter:
http://hakanlindquist.blogspot.com
Die E-Mail-Adresse des Autors lautet: hlq@comhem.de

HÅKAN LINDQUIST

DER BRIEFMARKEN-SAMMLER

Aus dem Schwedischen von Stephan Niederwieser

Roman

BRUNO GMÜNDER

Kleiststraße 23-26, D-10787 Berlin
info@brunogmuender.com

Originaltitel: Om att samla frimärken

Umschlaggestaltung: Joris Buiks
Coverfoto: Copyright © Howard Roffman
www.howardroffman.com
Layout/Umbruch: Orchidea de Santis

Printed in South Korea

ISBN: 978-3-86787-063-4

Alles über unsere Bücher und Autoren:
www.brunogmuender.com

wie wenn ein zimmer von einem
traum auf einer reise einmal
genau das zimmer ist in das man
nach hause kommt und einzieht

Inger Christensen, Alphabet

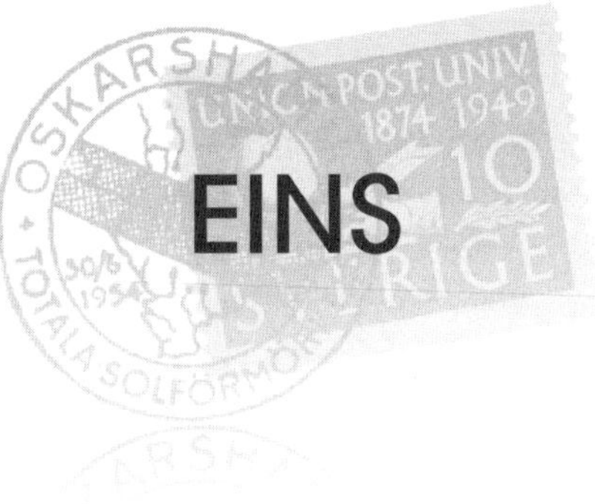

EINS

Ich erwache langsam. In meinem Traum standen Rehe auf einer Heide. Mit noch geschlossenen Augen bleibe ich liegen und versuche, die Erinnerungen der zarten Schattengestalten festzuhalten, aber sie verschwinden unwiederbringlich. Im Traum lag etwas in meiner Hand; ich spüre noch immer den Gegenstand in meinem Handteller liegen, gegen meine Finger drücken. Ich öffne meine Faust, um zu sehen, was da liegt, aber was immer es war, es ist nun weg. Nur die Erinnerung an die Berührung dauert an als sanfter Druck auf meiner Haut.

Ich schaue zum Schlafzimmerfenster rüber. Das Licht fällt weich herein und überzieht das Zimmer mit einem honigfarbenen Schleier. Ich stehe auf, strecke mich und schiebe einen Stuhl beiseite, um mehr Platz zu haben. Das Parkett, dunkel und vom Alter gezeichnet, schimmert wie Geschmeide; ich atme den Duft des Holzes, während ich meine Liegestützen absolviere – sechzehn, siebzehn, achtzehn …

Das Klingeln des Telefons unterbricht meine Konzentration.

»Mattias!«

Es ist meine Mutter. Ihre Stimme sagt mir sofort, dass sie traurig oder zumindest sehr müde ist.

»Ich rufe dich an wegen Samuel«, sagt sie nach ein paar einleitenden Begrüßungsworten. »Erinnerst du dich an ihn? Samuel Gunnarsson?«

Und während sie spricht, holen mich die Erinnerungen ein.

Es war an einem Sonntag, früh am Nachmittag und nur noch eine knappe Woche bis zu den Sommerferien. Tagelang hatte es kräftig geregnet – herbstlich und kalt, sodass alle, denen es vergönnt war, lieber zu Hause blieben –, aber in der letzten Nacht war das Wetter umgeschlagen, und der Morgen trieb eine grelle Sonne über den klarblauen Frühsommerhimmel. Ich war früh von zu Hause losgeradelt, als die Feuchtigkeit noch wie eine kühle, schützende Decke über der Welt lag. Meine Mutter hatte mir durchs Fenster ihres Schlafzimmers hinterhergerufen: »Sei vorsichtig, Mattias!« Vorsichtig.

»Er ist gestorben«, sagt sie, sie klingt leise und betroffen. »Erst vor Kurzem. Im Schlaf. Obwohl er nicht wirklich alt war, nur ein paar Jahre älter als ich. Ich glaube, an einem Herzinfarkt, aber ich bin mir nicht sicher. Ich dachte, du würdest das wissen wollen. Ihr wart euch doch mal ziemlich nah …«

»Das kann man so sagen.«

»Magst du Schmetterlinge?«

»Ich glaub schon.«

»Und Briefmarken?«

»Ja, sehr.«

»Ich kann dir welche zeigen, wenn du möchtest. Ich habe viele wunderschöne Marken.«

»Hast du auch Briefmarken mit Schmetterlingen drauf?«

»Aber natürlich. Jede Menge.«

»Ist er denn schon beerdigt worden?«

»Nein«, antwortet meine Mutter, »bisher hab ich noch nicht mal eine Todesanzeige gesehen. Zumindest nicht in der Zeitung.«

»Wann meinst du, dass er ...«

»Begraben wird?«

»Ja.«

»Das kann schon noch eine Woche oder zehn Tage dauern. Warum fragst du? Willst du herkommen?«

Ich versuche, mir Samuel vorzustellen, aber das alles ist so lange her … Alles, woran ich mich erinnere, ist nicht mehr als eine dunkle Silhouette ohne prägnante Konturen.«

»Ich weiß nicht, vielleicht. Falls ich freikriege …«

Das Fahrrad war neu, nagelneu und orangefarben, ausgestattet mit einem Rennlenker, zehn Gängen und Handbremsen. Eigentlich sollte es ein Geschenk zu meinem zwölften Geburtstag im September werden, aber meine Mutter und meine Großeltern fanden, ich sollte es schon zu den Sommerferien bekommen; es war gerade mal Anfang Mai.

Ich raste den Hügel zum Döderhultsbach und dem alten Badehaus hinunter, teilte die Stille dieses Sonntags und die kühle Frühlingsluft mit meinem erregten Atem und schnellen Pedaltritten; der Wind ließ meine Augen tränen. Das rasselnde Geräusch beim Schalten, wenn die Kette auf ein anderes Zahnrad umsprang, klang herrlich.

Nach den Schrebergärten am Storåkersbacken bog ich vom asphaltierten Weg in Richtung des alten Landsitzes ab. Zwei große Pferde auf einer Koppel neben dem Kiesweg wurden von meiner wilden Raserei aufgeschreckt; sie galoppierten einen Teil des Weges neben mir her, warfen ihre Hufe, spielerisch und kraftvoll. Ihr donnernder Galopp ließ die Erde vibrieren, das rhythmische Beben des Bodens übertrug sich auf die dünnen Räder meines Fahrrades und setzte sich durch den Rahmen fort auf den Sattel unter meinem Hintern und auf den Lenker unter meinen Händen.

Entlang des Weges wucherte Huflattich. Hufeisenkraut.

»Bist du noch da, Mattias?«

»Oh, entschuldige bitte. Mir fiel nur gerade etwas ein ... Kannst du dich an das Fahrrad erinnern, das du und Oma und Opa mir geschenkt haben? Das orangefarbene? Ich habe Samuel und Carolina auf einer meiner ersten Touren kennengelernt.«

»Ja, an das Fahrrad kann ich mich gut erinnern. Das war ein richtiger Flitzer. War das zu deinem elften Geburtstag?«

»Zum zwölften.«

Ich weiß nicht mehr, wie alt Samuel damals war. Wohl fast fünfzig. Aber er wirkte deutlich älter. Er war so traurig, als ich in sein Leben radelte. Ja, ich radelte geradewegs in sein Leben. Anders kann man das nicht nennen.

Plötzlich schoss ein Hund vor mir über den Weg. Mitten in der engen Kurve auf dem steilen Teil des Kyrkvägs, kurz bevor er das lange Tal durchschritt; ich sah ihn erst, als er mir schon fast ins Vorderrad lief. Ich legte eine Vollbremsung hin und versuchte gleichzeitig abzudrehen und stürzte dabei mit dem Rad direkt in ein Gestrüpp vor der Friedhofsmauer.

In den ersten Sekunden nach dem Sturz nahm ich nur Düfte wahr – die Säfte der Büsche, der Erde und der Brennnesseln –, dann hörte ich einen Menschen in meine Richtung laufen; die schnellen Schritte brandeten synchron zum Pulsieren der Wunde meines linken Arms heran.

»Ist dir was passiert?«

Ich musste mir erst den Staub aus den Augen wischen, bevor ich mich umdrehen und aufschauen konnte. Die Frau, die neben mir kniete, sah meiner Großmutter sehr ähnlich – sie hatte ihr langes helles Haar wie sie zu einem Knoten im Nacken zusammengefasst –, sodass ich einen kurzen Moment lang tatsächlich glaubte, dass meine Oma aus ihrem Himmel herabgestiegen war, um mir zu helfen, mir, ihrem einzigen Enkelkind.

»Ist alles in Ordnung? Ich habe gesehen, wie du ins Gebüsch gefallen bist. Hast du dir wehgetan?«

Ich erzählte ihr von dem Hund, verschwieg aber, völlig vergessen zu haben, dass mein neues Rad nicht über eine Rücktrittsbremse verfügte.

»Komm, wir waschen die Wunde aus und kleben ein Pflaster drüber!«

Sie hob das Fahrrad auf. »Das schauen wir uns sicherheitshalber später noch genauer an.«

Er kam in die kühle Küche, während seine Mutter meine Armwunde versorgte. Ich hörte seine Schritte, konnte mich aber nicht umdrehen, um zu sehen, wer da kam, weil sie mich festhielt. Aber seine Blicke konnte ich deutlich spüren.

»Wer ist denn das?«, fragte er; seine Stimme war tief und leise, beinahe eintönig.

Die Frau schaute ihn über meine Schulter hinweg an. Ich versuchte, ihrem Blick zu folgen, aber sie hielt meinen Arm zu fest. »Warte! Ich bin gleich fertig«

Somit konnte ich nur seinen Umriss wahrnehmen oder, besser gesagt, erahnen: eine große Figur in meinem Augenwinkel.

»Der Kleine hatte einen Fahrradunfall. Ich glaube, King ist wieder mal ausgebüchst. Irgendwann wird der mal überfahren. So, ich hol nur schnell ein Pflaster aus dem Bad. Halt einen Augenblick still!«

Endlich ließ sie meinen Arm los.

»Unterhalt dich in der Zwischenzeit ein wenig mit Samuel!«, sagte sie noch, dann ging sie hinaus.

Ich drehte mich langsam um und begegnete seinem Blick zum ersten Mal. Seine dunklen Augen durchdrangen mich, dennoch wirkten sie seltsam leer. Der große Mann hatte sich auf das Küchensofa zwischen Tür und Fenster gesetzt.

»Wie heißt du?«, fragte er.

»Mattias.«

Er wiederholte meinen Namen. »Der Name bedeutet Gottesgeschenk. Wusstest du das?«

Danach war es still. Man hörte nur das Ticken der Pendeluhr an der Wand; ein hohler Klang mit einem metallischen Nebengeräusch. Ich schaute mich um. Es war eine moderne Küche, aber mit einer Atmosphäre, die irgendwie altmodisch wirkte; es hatte etwas mit dem Licht und den Gerüchen zu tun, einer Schwere und Sattheit, die ich unmittelbar verspürte, mir aber nicht erklären konnte. Die Uhr – jedes einzelne Ticken unterstrich das Gefühl von Vergänglichkeit – markierte deutlich einige Sekunden, bevor Samuels Mutter mit einem Pflaster in die Küche zurückkehrte.

»So, nun ist alles wieder gut.« Sie lächelte. »Jetzt fehlt nur noch ein starker Kaffee. Und für dich vielleicht Traubensaft? Oder trinkst du auch schon Kaffee? Weißt du, Samuel mochte schon als Kind Kaffee im Gegensatz zu seiner Schwester.«

»Ja, ich möchte auch Kaffee. Danke«, antwortete ich ohne auch nur den geringsten Protest, obwohl sie mich innerhalb weniger Minuten als Kind und als Kleinen bezeichnet hatte.

»Magst du Schmetterlinge?«, fragte Samuel.

Ich warf seiner Mutter einen schnellen Blick zu. Sie lächelte und nickte aufmunternd.

»Ja, schon.«

»Magst du Briefmarken?«

Samuel hatte im Obergeschoss zwei Zimmer für sich. Als wir am ersten vorübergingen, deutete er auf das und sagte: »Das ist mein Schlafzimmer.«

Die Tür stand etwas offen, und ich warf einen flüchtigen Blick auf sein Bett und seinen Schreibtisch, über dem Bett hingen einige Bilder und Fotografien.

»Da hinten habe ich mein eigenes Bad.«

Dann öffnete er die andere Tür aus furniertem Holz links neben dem Bad, blieb stehen und nickte in das Zimmer hinein.

Ich stellte mich zu ihm und konnte es nicht vermeiden, erneut seinen Blick zu suchen. Auf einmal wirkten seine Augen wach und machten einen ganz anderen Eindruck. Sie begegneten mir fast neugierig.

»Hier sind alle meine Briefmarken.«

Die Wände dieses Zimmers versteckten sich vollkommen hinter Regalen, die mit Kartons, Alben und Katalogen vollgestopft waren. Die Kartons und Alben waren mit Etiketten versehen, einige davon konnte ich schon von der Tür aus lesen: *Schweden – Dubletten, Norwegen, Norwegen – ungestempelt, Motiv – Berg.*

»Nur zu! Komm ruhig rein!«

Ich betrat sein Reich. Es roch nach Schmierseife. Vor dem Fenster, das ins Tal hinabblickte, standen ein hellgrauer Tisch und ein dunkelbrauner Holzstuhl. Auf dem Tisch lagen ein Vergrößerungsglas, eine Zigarrenkiste und einige Bücher mit Briefmarken auf den Umschlägen. Auf dem Fensterrahmen hatte jemand einen Zettel mit roter Schrift angebracht: *NICHT ÖFFNEN! BRIEFMARKEN!* Auf dem Fensterbrett stand ein Fernglas.

»Du darfst dich setzen, wenn du willst. Ich kann stehen. Ich habe den ganzen Tag gesessen.«

Ich setzte mich.

»Sind in all diesen Kisten Briefmarken? Und in den Alben auch?«

»Ja.«

»Wie viele sind das?«

»Weiß nicht. Ein paar Tausend vielleicht. Viele Tausend.«

»Aus der ganzen Welt?«

»Ja. Mehr oder weniger.«

Samuel zog eine Kiste heraus, einen dunkelgrünen Schuhkarton mit einem hübschen Symbol vorne drauf. Er nahm den Deckel ab und stellte ihn vor mich hin.

»Siehst du's?«, fragte er und deutete zum Fenster hinaus; ich fand, dass nun auch seine Stimme anders klang.

Ich reckte den Hals und schaute über den Dalgången hinaus, diesen sanft schlingernden Weg mit dem einsamen Baum an seiner Seite. Ein wenig links davon stand die weiße Kirche aus dem siebzehnten Jahrhundert mit dem roten Ziegeldach. Zu ihrer Linken lag der alte Friedhof. Samuel schmunzelte; ich wusste nicht, worauf er hinauswollte.

»Siehst du's?«

Ich zuckte mit den Schultern.

»Jaa ...«

»Die Kirche«, sagte er.

»Jaa ...«

»Du siehst wohl die Kirche?«

»Ja.«

Er schob den Karton etwas näher zu mir.

»Hier drin sind nur Briefmarken mit einem Kirchenmotiv! Alle Schachteln auf dieser Seite sind eingeteilt in verschiedene Motive: Kirchen, Brücken, Säugetiere, Vögel ...«

»Gibt es auch welche mit dieser Kirche drauf?«

»Mit der Döderhultskirche?« Er lächelte wieder. »Nein, gibt es nicht. Es gibt keine Briefmarke von ihr. Aber ich habe ein paar Ansichtspostkarten mit ihr darauf, die zeige ich dir mal. Aber es hat nie eine Briefmarke von ihr gegeben.« Dann streckte er seine linke Hand aus – sie erschien mir doppelt so groß wie meine eigene – und klopfte mir auf die Schulter.

»Du verstehst noch nicht viel von Briefmarken, was? Ich werde dir was beibringen. Natürlich nur, wenn du willst.«

Nachdem meine Mutter aufgelegt hat, gehe ich in die Küche, öffne das Fenster zum Hof und bereite mein Frühstück vor. Ich sehe Kinder auf die Mauern zwischen den Gärten klettern, ich höre sie schreien, während ich den Espressokocher auswasche und mit frischem Wasser befülle. Dann – gerade als ich den Wasserhahn zudrehe – ist es plötzlich sehr still. Ich lehne mich aus dem Fenster. Die Kinder müssen hinter einem der Tore verschwunden sein, oder sie verstecken sich in einem Verschlag. Ich halte mit dem Kocher in meiner Hand inne.

»Wo bist du gewesen?«, fragte meine Mutter und schlug das Buch zu, in dem sie gelesen hatte.

»Ich war bei jemandem, der Samuel heißt«, antwortete ich und kickte meine Schuhe in die Ecke des Flurs. »Er und seine Mutter haben mir geholfen, nachdem ich einen kleinen Fahrradunfall hatte.«

»Du hast einen Fahrradunfall gehabt?« Sie stand auf und kam zu mir. »Ich hab dir doch gesagt, dass du vorsichtig fahren sollst. Hast du dich denn verletzt?«

»Ich hab mir nur den Arm etwas aufgeschürft. Es tut schon nicht mehr weh.«

Sie schaute mich besorgt an. »Du hast doch versprochen, vorsichtig zu fahren.«

»Dem Fahrrad ist nichts passiert«, sagte ich. »Es war wirklich nicht so schlimm.«

»Wo ist es denn passiert?«

Ihrer Stimme entnahm ich, dass sie sich immer noch Sorgen machte.

»Auf dem Hügel an der Kirche, aber nicht da, wo es so steil ist. Ein Hund ist über den Weg gelaufen, ich musste eine Vollbremsung hinlegen.«

Dann zog ich ein dickes Kuvert aus meiner Jackentasche. »Schau mal! Ich habe eine Menge Briefmarken von Samuel bekommen. Willst du sie sehen?«

ZWEI

Die weiß gekalkte Gemeindekirche kommt mir erschreckend klein vor. In meiner Erinnerung ist sie eine riesige Kathedrale, wenn ich mit dem Kirchenchor oben auf der Empore sang oder jedes Jahr den Schulabschluss darin feierte. Nur die Kühle ist noch dieselbe. Und das Licht, das dünn und grün durch die hohen Fenster hinter dem Altar hereinscheint, um die Staubpartikel zu beleuchten, die zwischen Messingkandelabern und den harten, abgewetzten Holzbänken schweben; ein stilles und gedämpftes Licht, das jeder Fröhlichkeit entbehrt.

Ein älterer Herr heißt mich mit einem sanften, aber festen Handschlag willkommen, reicht mir ein Psalmbuch und eine gefaltete Fotokopie. Flüchtig werfe ich einen Blick darauf, erkenne ein Kreuz und ein Bibelzitat, darunter steht ein längerer Text. Der Mann deutet mit einer Geste auf die Reihen von dunklen Holzbänken.

Ganz vorne sitzen bereits ungefähr zehn Männer und Frauen mittleren Alters in dunklen Trauergewändern. Sie sind eng aneinandergerückt, stützen sich gegenseitig, manche unterhalten sich. Hier und dort nickt jemand teilnahmsvoll. Das Gegenlicht macht sie zu Scherenschnitten in einem fast lautlosen Theaterstück.

Auf einem niedrigen Tisch vor dem Altar steht der Sarg; man hat ein helles Tuch darüber gelegt und darauf ein einfaches Blumengebinde befestigt; eine Kerze in einem zierlichen silbernen Leuchter flackert.

Ich gehe ins Südschiff der Kirche hinüber und stelle mich an das Fenster unterhalb der ungewöhnlichen Loge, die im achtzehnten Jahrhundert nur auserwählten Kirchenbesuchern vorbehalten war, und schaue hinaus über den Friedhof ins Tal. Der Weg, von dem ich an jenem Frühsommertag vor vielen Jahren mit dem Fahrrad abgekommen war, ist ausgebaut worden, aber er schlängelt sich immer noch wie Wellen durch die Landschaft, quer durch das Tal und über die Äcker hinweg, die einmal Meeresboden waren. Die Bäume auf dem Friedhof versperren mir den Blick auf manche Teile des Weges, aber das Haus, in dem Samuel und seine Mutter wohnten, kann ich deutlich sehen. Die beiden Fenster des Obergeschosses – Samuels Fenster – schauen über das Tal hinweg wie ein Paar wachsamer Augen. Es müssen fast dreihundert Meter zwischen Kirche und dem Haus liegen, und dennoch kommt es mir so vor, als würde sich hinter einem Fenster jemand bewegen, eine helle Gestalt, die dann ganz plötzlich verschwunden ist.

Ich hatte den ungewohnten Nachgeschmack des Kaffees immer noch im Mund, als ich nach unserer ersten Begegnung nach Hause radelte. Die Kette schleifte, deshalb stieg ich auf dem steilen Hügel nahe der oberen Friedhofsmauer von meinem Rad ab. Vor dem alten Holzhaus auf der anderen Seite des Weges begann ein Rauhaardackel zu bellen. Ich zischte ihn an, wusste aber, dass er sich nicht beruhigen würde, und dachte an den großen Hund, den ich fast angefahren hätte.

Der Kettenhalter hatte sich durch den Sturz verbogen. Ich schaffte es, ihn zurechtzubiegen, und stand wieder auf. Einige Bäume und Büsche versperrten mir den Blick. Ich lehnte das Fahrrad an die Mauer und ging an ihr ein paar Meter Richtung Osten entlang.

Es dauerte ein wenig, bis mir klar wurde, welches der Häuser auf der anderen Seite des Tals Samuel und seiner

Mutter gehörte. Ich kniff die Augen zusammen, um Details auszumachen, und glaubte, eine Bewegung in dem einen von Samuels Zimmern zu sehen. Ich streckte mich, um zu winken, ohne sicher zu sein, ob es jemanden gab, der meinen Gruß erwidern würde. Aber vielleicht stand Samuel ja dort und betrachtete mich durch sein Fernglas.

Da fielen mir seine Worte zum Abschied wieder ein, kurz bevor er die Haustür hinter mir schloss: »Komm bald wieder!«

Ich drehe mich um, und nun kann ich die Gesichter der anderen Kirchenbesucher deutlicher erkennen. Eine Frau und ein Mann nicken mir zu, als sie meinem Blick begegnen. Ich erwidere den Gruß. Die Frau lächelt zwar, aber es wirkt kühl, und ich fühle mich betroffen. Ich erkenne sie wieder, weiß aber nicht, woher. Vielleicht sollte ich wissen, wer sie ist. Aber seit meinem Weggang sind so viele Jahre verstrichen, oftmals erkenne ich nicht mal jene wieder, mit denen ich viel zu tun hatte, als ich noch hier lebte.

Ich rutsche auf eine leere Bank. Helle und weiche Kissen bedecken die kalten und harten Sitze meiner Kindheit. Ein schwaches Gemurmel geistert durch den Kirchenraum nach oben zur gewölbten Decke, es ist unmöglich auszumachen, wer da flüstert. Im trüben Licht wirbelt der Staub herum.

Eine jüngere Frau betritt die Kirche und bleibt eine Weile im Gang stehen. Beide Hände umschließen das schwarze Gebetsbuch. Sie schaut sich um, bevor sie sich für einen Platz entscheidet. Dann macht sie ein paar Schritte und rutscht auf die Bank, auf der ich schon sitze. Mit einem warmen Lächeln reicht sie mir die Hand.

»Ich heiße Rigmor«, sagt sie mit gedämpfter Stimme. »Ich arbeite im Elefanten, dem Heim, in dem Samuel zuletzt gewohnt hat.«

Ich stelle mich vor und erzähle ihr, dass ich Samuel schon seit meiner Kindheit kenne.

»Aha, dann sind Sie sicher mit ihm verwandt?«

»Nein, das bin ich nicht. Er war ein Freund.« Dann, nach einer Pause, setze ich nach: »Genauer gesagt, ein sehr guter Freund.«

Er streckte seine Hand aus und legte mir seinen Zeigefinger an die Stelle zwischen meinen Augen. Dann ließ er seinen Finger dort ruhen. Still. Still. Ich zwinkerte, denn ich hatte den Eindruck, in der Fingerspitze seinen Puls zu spüren. Oder war es mein eigener?

»Kleiner Freund«, hob er an. »Weißt du, was sich da befindet?«

»Nein.«

»Ich glaube, dass hier die Seele sitzt. Genau hier, direkt hinter meinem Finger.«

Ich öffnete meine Augen. »Du meinst, sie versteckt sich hier?«

»Ja, genau«, antwortete Samuel und verstärkte den Fingerdruck etwas. »Ein Seelenversteck. Dein Seelenversteck. Pass darauf auf! Pass gut darauf auf!«

»Aber hier«, sagte ich und klopfte mir auf die Brust, »glaubst du nicht, dass die Seele hier drinsitzt? Im Herzen?«

Samuel nahm den Finger von meiner Stirn und legte mir die Hand auf die Brust. Nun war ich mir ganz sicher, seinen Puls zu spüren, und mein Herz klopfte stärker, so als wollte es den Druck seiner Hand erwidern.

»Da drin wohnt die Liebe. Lass sie so oft raus, wie du nur kannst! Dann geht es ihr gut.«

»Wir haben uns heute hier versammelt, um uns von Bror Samuel Gunnarsson zu verabschieden ...« Die Priesterin spricht. Es sind zwar Gemeinplätze, jedoch nicht ohne Mitgefühl vorgetragen, als hätte sie den Verstorbenen wirklich gekannt – über den ewigen Kreislauf, die Vergänglichkeit aller Dinge und die letzte Ruhe. Ich denke an Samuel, an seine Ruhe, frage mich, ob er sie jetzt finden wird. Endlich. Die Blumen auf dem Sarg – weiße Nelken und rote Rosen – wirken künstlich in dem grün schimmernden Licht. Da fällt mir das Liebeskraut wieder ein.

»Schau mal!«, rief ich, und meine Stimme brach in einem fremden Klang. »Was ist das für ein Schmetterling?«

Samuel drehte sich um und folgte dem fliegenden Insekt mit seinem Blick; es ließ sich einige flatternde Sekunden später auf einem hohen Gewächs nieder.

»Das ist ein roter Apollofalter. Hast du noch nie so einen gesehen? Es gibt hier viele davon. Sie lieben diese Art von Disteln. Man sieht sie oft eben genau auf so einer Distel. Einen schwarzen Apollo gibt es auch, der hat schwarze Flecken auf den Flügeln. Man nennt ihn auch Mnemosyne wie die Göttin der Erinnerung.« Samuel wandte sich mir zu. »Weißt du, wovon sich seine Larven ernähren?«

Ich schüttelte den Kopf.

»Liebeskraut«, fuhr Samuel fort. »Von allen Grünpflanzen bevorzugt er ausgerechnet die Fette Henne, die in diesem Teil von Schweden Liebeskraut genannt wird. Der Apollofalter legt seine Eier an Plätze, an denen die Fette Henne nur so wuchert. Wie dort an der Mauer. Siehst du? Dort wächst jede Menge Liebeskraut. Diese hellen Blüten mit dem roten Stiel. Deshalb siehst du hier so viele Apollos herumflattern.«

»Was für ein seltsamer Name. Warum heißt das denn Liebeskraut?«

»Ich bin mir nicht sicher, aber ich glaube, dass man es früher benutzt hat, um vorherzusagen, wen man einmal heiraten wird. Jedenfalls hat mir das jemand erzählt.«

Samuel setzte sich auf einen mit Moos bewachsenen Stein, beugte sich hinunter und hob einen Kieselstein auf, den er dann in seiner großen Hand herumrollte.

»Kannst du mir die Liebe weissagen?«, fragte ich ihn.

Samuel schüttelte bedächtig den Kopf. »Nein, das kann ich nicht. Aber wenn ich dir etwas wünschen darf, Mattias, dann ist es, dass ...«

Er machte eine Pause, als müsste er erst die richtigen Worte finden. Dann lächelte er und warf den Kiesel hinüber an die Mauer. »Stell dir vor, du wärst eine samtschwarze Apollo-Larve, und das Liebeskraut ist deine wichtigste Nahrungsquelle. Wäre das nicht fantastisch? Ich habe nicht viel Erfahrung mit der Liebe machen dürfen, das war mir leider nicht vergönnt. Oder vielleicht habe ich mich nie wirklich getraut. Aber das, was ich von ihr kennenlernen durfte ... Als sie mich fand, da fühlte ich mich ... vollständig. Als ob ich dazugehörte, als hätte ich Teil an etwas Großem und Umfassendem. Nichts anderes spielte mehr eine Rolle. Nichts anderes fühlte sich mehr wichtig an. So war das wirklich. Ich wünsche mir sehr, dass du das eines Tages erleben wirst.«

Wehmütige, aber unglaublich verzaubernde Klänge eines Choralpräludiums von Bach begleiten mich auf meinem Weg aus der Kirche. Ich kenne das Stück aus meiner Chorzeit: *Nun komm, der Heiden Heiland.*

Der Kontrast könnte größer nicht sein: Draußen scheint die Sonne, und die Bäume sind noch immer grün. Es fühlt sich immer noch sommerlich an, obwohl wir schon auf den Herbst zusteuern. Rigmor steht an der Friedhofstür und winkt mich zu sich heran. Ich gehe an den anderen Trauergästen vorbei ihrem Lächeln entgegen, diesem warmen und freundlichen Lächeln; es ist so befreiend und wohltuend nach der Zeremonie in der Kirche.

»Ich gehe normalerweise nicht auf Beerdigungen«, sagt sie, »aber bei Samuels wollte ich dabei sein, obwohl ich nicht mit ihm verwandt bin, ja, nicht mal mit ihm befreundet war.«

Die ältere Dame, die mir bekannt vorgekommen ist, verlässt den Friedhof zusammen mit ihrem männlichen Begleiter. Ich nicke den beiden noch einmal zu.

»Ich glaube, dass das Samuels Schwester ist«, flüstert Rigmor. »Kennen Sie sie?«

»Nein, ich glaube nicht«, sage ich und dann fällt mir ein: Ja, natürlich kann das seine Schwester sein, die Augen, die Wangen, die Lippen – die Ähnlichkeit ist eigentlich kaum zu übersehen.

»Ich hab sie nur einmal gesehen, als sie Samuel besucht hat«, erklärt Rigmor. »Ganz am Anfang, als er zu uns in den Elefanten gezogen ist.«

»Warum heißt das Heim eigentlich Elefant?«

»Es wurde nach dem Grundstück benannt, auf dem es erbaut wurde. Kaum einer kennt diesen Zusammenhang.«

Sie verstummt und schaut mich an.

»Wohnen Sie nicht hier in Oskarshamn?«

»Nein«, antworte ich, »schon lange nicht mehr. Ich bin nur zur Beerdigung gekommen. Aber ich bleibe ein paar Tage, bevor ich wieder nach Hause fahre.«

Rigmor öffnet ihre Handtasche und sucht nach Schlüsseln. »Wollen Sie in die Stadt?«, fragt sie mich.

»Ja, ich übernachte bei meiner Mutter.«

»Haben Sie einen Wagen, oder soll ich Sie mitnehmen?«

»Ich wäre zu Fuß gegangen, aber wenn es Ihnen nichts ausmacht, fahre ich gerne mit.«

»Unglaublich, wie warm es geworden ist. Bald ist es Oktober, und es fühlt sich immer noch an wie Sommer.« Rigmor kurbelt das Fenster herunter. »Zieht es?«

»Nein, nein. Das ist gut.«

»Ich mochte Samuel«, sagt sie plötzlich. »Er war so demütig, das hat mich irgendwie beeindruckt. Diese Demut, trotz dieser schrecklichen Depressionen.«

Weiter vorne spielen ein paar Kinder auf der Straße. Rigmor wird unruhig, bremst, als wir uns den Kindern nähern, dann überholt sie langsam.

Ich drehe mich um und schaue den steilen Hügel hinauf zu der Schule, wo ich die letzten neun Jahre meiner Schulzeit zugebracht habe. Aus irgendeinem Grund muss ich an einen Jungen aus der Parallelklasse denken; ich habe schon viele Jahre nicht mehr an ihn gedacht. Ein Bild von ihm schwebt mir deutlich vor Augen: Er sitzt auf dem Zaun am Wendeplatz des Schulbusses, er lächelt ein wenig schief, vielleicht sogar aus Schüchternheit, ein Vorderzahn ist abgebrochen –, aber dann verschwindet es schnell. An seinen Namen kann ich mich nicht erinnern.

Rigmor tritt aufs Gas und sagt: »Er war wie ein Freund für mich, gleich als ich ihn zum ersten Mal gesehen habe.«

»Wie lange ist das her?«

»Drei oder vier Jahre schon. Er hatte eine Depression und ... Ja, es gab einige Scherereien mit seiner Wohnung am Stora Torget, weswegen er ausziehen musste. So kam er in den Elefanten.«

»Ich mochte ihn auch sehr. Aber ich habe ihn schon vor vielen Jahren kennengelernt. Wir haben viel Zeit zusammen verbracht, als ich noch ein Kind war, als Teenager. Er hat Briefmarken gesammelt und gab mir alle, die er doppelt hatte. Ich habe massenhaft Briefmarken von ihm bekommen, Briefmarken aus der ganzen Welt.«

Sie mustert mich aus dem Augenwinkel heraus, und ich wende mich ihr zu, um ihrem Blick zu begegnen.

»Entschuldigen Sie bitte«, sagt sie und schaut dann wieder durch die Windschutzscheibe nach vorn. »Ich sollte mich besser auf die Straße konzentrieren.«

»Was haben Sie gerade gedacht?«

»Ich finde, dass Sie einander irgendwie ähnlich sehen. Das fand ich schon in der Kirche. Deswegen hätte ich schwören können, dass Sie miteinander verwandt sind, Sie und Samuel. Sie sind einander ähnlich, ohne dass ich sagen könnte, wie.«

»Ja, das sind wir wohl«, antworte ich. »Oder waren es. In vielerlei Hinsicht.«

Ich saß an der vordersten Kante der hohen Klippe – meine Beine baumelten über dem Steilhang – und schaute aufs Meer hinaus. Samuel saß einige Meter hinter mir mit dem Rücken an eine vom Wind gepeinigte Kiefer gelehnt. Ich drehte mich um und schaute ihn an.

»Warum setzt du dich nicht zu mir? Hier hat man eine herrliche Aussicht.«

»Nein, das will ich nicht. Ich finde diese Klippen, ehrlich gesagt, ziemlich beängstigend. Hier hinten ist die Aussicht ebenso gut«, antwortete er. »Warum lachst du? Findest du das etwa albern?«

»Aber nein. Gar nicht. Nur dass du vor dem Baum wie ein Riese wirkst. Oder ist der Baum vielleicht so ein japanisches Miniaturding, das sich hierher verirrt hat.«

»Ein Bonsai?«, fragte Samuel und zwinkerte gegen das grelle Sonnenlicht an. »Ja, wer weiß? Vielleicht bin ich in Wahrheit ein Riese.«

Der Himmel war stahlblau. Weit oben in den Wolken zeichnete sich die Silhouette eines Raubvogels ab. Wir hatten ihn schon eine Weile im Blick. Samuel hielt ihn für einen Steinadler. Ich glaubte eher, dass er ein Fischadler war. Und weit draußen auf dem Meer hob sich das charakteristische Profil der Insel Blå Jungfrun gegen das ewige Blau ab, dahinter konnte man Öland erahnen wie eine Luftspiegelung oder einen Traum. Der schwache Wind schmeichelte der Haut.

»So gefällt es mir am besten«, hörte ich Samuel sagen, »entspannt die Stille genießen mit jemandem, den ich mag.«

»Ja, ich weiß.«

»Wo wohnt Ihre Mutter?«

»In der Hamngatan. Gleich unterhalb vom Kråkerumsbacken. Sie können mich irgendwo in der Nähe rauslassen.«

Rigmor wirft einen Blick in den Rückspiegel und biegt dann in die Östra Torggatan ein.«

»Haben Sie noch Lust, eine Tasse Kaffee mit mir zu trinken? Unten im Hafen liegt ein Schiff, auf dem man sehr guten Kaffee bekommt. Und sie haben fantastische Waffeln.«

Der Kaffee ist getrunken, die Waffeln gegessen. Ich habe Rigmor von meiner ersten Begegnung mit Samuel erzählt und von der langen Freundschaft, die daraus erwachsen ist.

Ich stelle meine soeben geleerte Kaffeetasse ab.

»Fast zehn Jahre hat unsere Freundschaft gehalten. Dann zog ich nach Stockholm, und die Abstände zwischen unseren Treffen wurden immer länger. Ich glaube, dass er ziemlich einsam gewesen ist, nachdem ich weggezogen bin.«

Rigmor schiebt den Teller von sich und nimmt einen Schluck Mineralwasser. »Ja, ich hatte den Eindruck, dass er sehr einsam war. Er hatte nicht viele Freunde, ja nicht mal viele Bekannte. Aber mir scheint, dass das schon seit seiner Kindheit so war.«

»Ja, das glaube ich auch. Wir waren ja oft zusammen, Samuel und ich, in diesen Jahren. Aber nur sehr selten hat er von anderen Freunden gesprochen. Ich glaube ...«

Eine Möwe schimmert im Augenwinkel. Ich wende mich ihr zu und sehe, wie sie in das dunkle Meerwasser hinabtaucht.

»Hier war ich als Kind oft«, sagte Samuel und deutete hinüber zum inneren Hafen. »Ich habe hier gesessen und zugeschaut, wie die Schiffe be- und entladen wurden. Manchmal habe ich mir gewünscht, dass mich jemand an der Hand nimmt, auf ein Schiff schleppt und auf eine große Reise mitnimmt.«

»Wo wolltest du denn hin?«

»Ach, das war mir egal. Ich wollte einfach nur weg, das war mir wichtiger als ein bestimmtes Ziel.«

»Sie wollten gerade etwas sagen ...« Rigmor holt mich in die Gegenwart zurück.

»Ich glaube, genau diese Einsamkeit war das große Problem in Samuels Leben. Vielleicht hätte er nie Depressionen gekriegt, wenn er nur einen richtig engen Freund gehabt hätte.«

»Einen Mann?«

Ich schaue ihr in die Augen. Sie lächelt flüchtig und wendet sich dann ab. Es überrascht mich. Sie hat Samuel erkannt, gesehen, wer er wirklich war, obwohl er immer so zurückhaltend gewesen ist, so vorsichtig.

»Ja, einen Mann«, bestätige ich. »Einen Mann, der ihn mochte und den er mögen durfte.«

»Meinen Sie, dass ihm das genügt hätte? Ich meine, glauben Sie wirklich, dass es so einfach gewesen wäre?«

»Einfach?«, frage ich. »Für Samuel wäre das etwas sehr Großes und Bedeutungsvolles gewesen. Vielleicht sogar genau das, was er gebraucht hätte, um ein gutes Leben zu haben. Ein Leben, mit dem er zufrieden gewesen wäre.«

»Ich wollte Ihre Einschätzung nicht infrage stellen. Entschuldigen Sie bitte.« Sie macht eine kleine Pause. »Ich dachte nur ... Eine Zeit lang hatte er ja zumindest Sie. Er war nicht ganz allein. Und es hat ihm dennoch nicht geholfen.«

»Das stimmt nicht ganz. Wir haben immer nur phasenweise Zeit miteinander verbracht. Und übrigens ... Samuel und ich waren nur befreundet. Ich war ja viel jünger. Als wir uns kennenlernten, war ich noch ein Kind. Er fühlte sich also bestimmt einsam, selbst wenn wir zusammen waren.«

Dann sitzen wir eine lange Weile lang still da und beobachten, wie ein kleines Lastschiff am Nordkai anlegt und vertäut wird.

Nach dem Ausflug parkten wir in der Nähe des äußeren Nordkais und blieben im Wagen sitzen, um auf das Meer hinauszuschauen. Einige hundert Meter von uns entfernt luden Männer große, dunkle Baumstämme auf ein holländisches Schiff.

Samuel nickte in Richtung des Bootes. »Dort drüben«, sagte er, »ungefähr wo das Schiff jetzt liegt, legte einmal ein Boot mit einer sehr kostbaren Ladung an, einer Ladung, die mein Leben verändert hat.«

Als ich nach Hause komme, sitzt meine Mutter im Wohnzimmer und liest. Sie steht auf, kommt auf mich zu und bleibt im Türrahmen zum Flur stehen.

»Wie war es?«, fragt sie. Ihre Stimme ist dünn und klein. Fast ein wenig künstlich, was mich ärgert.

»Es war nicht so schlimm. Ich kann's dir gar nicht sagen. Am Traurigsten bin ich wohl darüber, dass ich mich in den letzten Jahren nicht mehr um ihn gekümmert habe. Ich hätte ihn gerne noch einmal gesehen.«

»Ein letztes Mal, meinst du?«

»Ja, vielleicht. Irgendwann ist immer das letzte Mal. Ich hätte ihn einfach gerne noch mal getroffen, vor allem jetzt, als Erwachsener. Das hätte ich gewollt.«

Meine Mutter mustert mich. Sie ist älter geworden, ihr Haar ist ganz grau, und die feinen Falten in ihrem Gesicht werden immer mehr; ich muss an meine Großeltern denken. Ihr suchender Blick zeigt mir, dass sie mich nicht mehr so gut wie früher durchschauen kann. Oder liegt es an mir, dass ich mich nicht mehr so offen zeige, dass ich mir eine Maske zugelegt habe?

»Willst du Kaffee, Mattias?«

»Nein, ich habe gerade Kaffee getrunken. Auf der Beerdigung war eine Frau, die in dem Heim arbeitet, in dem Samuel bis zuletzt gewohnt hat. Sie hat mir das neue Café auf dem Schiff unten im Hafen gezeigt. Das reicht mir. Danke.«

»Aber ich trink noch eine Tasse«, sagt sie und geht in die Küche.

Ich folge ihr. »Hast du eigentlich Samuel gekannt, als du jung warst?«, frage ich und setze mich zu ihr an den Küchentisch. Draußen vor dem Fenster liegt der Gamla Fisktorget und das Ende des Döderhultsbachs, bevor er in die Ostsee mündet. »Ihr müsst ja in etwa gleich alt gewesen sein.«

Meine Mutter schüttelt den Kopf. »Nein, eigentlich nicht. Er war doch einige Jahre älter als ich, genug, um in unterschiedlichen Freundeskreisen zu verkehren. Natürlich kannte man sich vom Sehen, aber mehr auch nicht.«

Sie gießt den kohlschwarzen Kaffee in ihre rissige hellblaue Lieblingstasse, die keinen Unterteller mehr hat, und stellt dann die Kanne zurück in die Maschine. »Hast du denn deinen Vater mal gefragt? Die beiden müssen etwa gleich alt sein. Vielleicht hat er ihn gekannt.«

»Papa? Nein, mit dem habe ich schon eine Ewigkeit nicht mehr telefoniert. Vielleicht ist der auch schon längst tot, keine Ahnung.«

»Lieber Himmel, was sagst du denn da? Mit so was macht man keine Scherze!«

»Ich mache keine Scherze. Er hat mich wohl völlig abgeschrieben.«

»Man schreibt doch nicht sein eigenes Kind ab, und schon gar nicht Otto.«

»Nein, vielleicht nicht. Aber viele wünschen sich doch, dass sie es könnten.«

Meine Mutter schaut aus dem Fenster ins Licht. Ich sehe, wie ihre Gedanken in die Ferne schweifen. Dann wendet sie sich zu mir, lächelt mich flüchtig an und sagt: »Ich glaube, ich habe einmal mit ihm gesprochen. Mit Samuel, meine ich. Er war immer so allein, fuhr auf dem Fahrrad herum. Wenn ich mich recht erinnere, hat er bei *Harald* in Tratten gearbeitet, aber ich bin mir nicht sicher. Jedenfalls war er oft dort in der Fahrradwerkstatt. Aber wir hatten nichts miteinander zu tun.«

Wir schlossen unsere Fahrräder am Südkai an und gingen am Wasser entlang. Ich bückte mich und schaute ins Wasser hinunter; zwischen Kai und der mit Mittsommerschmuck verzierten Ölandsfähre Jarl schwamm ein einsamer Schwan. Sein Gefieder leuchtete regelrecht.

»Als ich noch klein war, kam ich oft hierher«, erzählte Samuel. »Hier fiel es mir leichter, mich wegzusehnen, wegzuträumen. Die Schiffe zogen hinaus, anderen Häfen, anderen Städten und anderen Ländern entgegen.« Er nickte in Richtung der Fähre.

»Dort drüben lag ein Schiff, das zwischen Öland hin- und herpendelte. Und da hinten am Bahnhof fuhren Züge in alle Richtungen ab. Zu Orten, an denen man dann in andere Züge umsteigen konnte, die einen noch weiter wegbrachten. Ja, hier war ich oft, habe geträumt und meiner Sehnsucht nachgegeben.«

»Was denn für eine Sehnsucht?«, fragte ich und stellte mich auf einen der grauen Steinpoller. »Wo wolltest du denn hin?«

»Ich weiß nicht. Ich hatte kein bestimmtes Ziel. Ich wollte einfach nur weg. ›Ein Pfiff; der Zug fährt wieder an ...‹« Er verstummte und versank in Gedanken.

Der Schwan schwamm aus dem Schatten ins Licht und wurde von der Sonne erfasst; die aufblitzende Weisheit seines Federkleides blendete mich.

»Vielleicht wollte ich gar nicht weg. Es war eigentlich nur ein Traum, den ich hatte. Eine romantische Idee von einem anderen Ort, einem anderen Zustand. Mein Freund Helge nannte mich immer einen unverbesserlichen Romantiker. Ja, manchmal schimpfte er mich sogar Eskapist, einen theoretischen Eskapisten. Denn letztendlich kam ich ja nirgendwohin, ich zog nicht mal ... weg. Sich selbst hielt er für einen Realisten. Für einen Realisten und einen Künstler. Aber natürlich erst in den Diskussionen, die wir viele Jahre später führten, als ich schon langsam erwachsen wurde.

Es klappert, als Mutter den Kaffeelöffel ablegt. Ich schaue auf, um ihrem Blick zu begegnen, aber sie wich mir aus.

»Du, Mattias, ich möchte dir gerne etwas sagen.« Sie spricht leise. »Ich war vielleicht ein wenig hart zu dir. Wegen Samuel. Ich habe auch schon früher darüber nachgedacht und wollte dir das längst mal sagen, aber es hat sich bisher nicht ergeben. Und jetzt, da er tot ist ... Ich hab nicht so recht gewusst ... nicht so recht verstanden, was da passiert ist ... Damals, meine ich. Als du noch klein warst. Ich hab einfach nur Angst um dich gehabt, furchtbare Angst.«

»Aber es ging mir gut. Das musst du doch gemerkt haben. Und überhaupt war ich gar nicht mehr so klein.«

»Ich weiß nicht. Dafür ist es zu lang her. Vielleicht habe ich nicht klargesehen. Aber was ich getan habe, habe ich aus Sorge um dich getan.«

»Die Freundschaft mit Samuel hat mir gutgetan. Ich hab schon damals versucht, dir das verständlich zu machen. Kannst du dich daran erinnern?«

Sie murmelt etwas und fingert dabei nervös an einer Falte in der Tischdecke herum: »Ich weiß nicht. Das ist nicht immer so einfach, wie du vielleicht denkst. Ich hatte ja niemanden, mit dem ich darüber hätte sprechen können. Ich erinnere mich nur, dass ich mir Sorgen um dich gemacht habe. Und jetzt im Nachhinein gebe ich zu, dass ich zu harsch gewesen bin.«

»Wovor hast du denn Angst gehabt? Glaubst du nicht, man hätte es mir angesehen, wenn es mir schlecht gegangen wäre? Glaubst du nicht, dass du das gemerkt hättest?«

Sie seufzt und klingt sehr kleinlaut, als sie antwortet: »Vermutlich hast du recht.«

»Was damals in der Schule passiert ist ... Nein, das spielt jetzt keine Rolle mehr. Es verdirbt mir nur die Laune, daran zu denken. Aber Samuel sorgte für einen Umschwung in meinem Leben. Durch ihn hat sich für mich so vieles zum Besseren verändert. Wirklich.«

»Ich hab das anders gesehen, das musst du mir glauben. Du *musst* das verstehen. Und deswegen sage ich ja, dass es mir leid tut, wie ich ... dass ich nicht richtig hingeschaut habe. Ich glaube, dass ... Ich habe erst nach und nach verstanden, dass dir die Freundschaft mit Samuel wichtig gewesen ist.«

»Schluss jetzt!«, schrie sie. »Komm nicht mal auf die Idee! Du hast mich belogen. Wie konnte ich nur so dumm sein ... Wie konnte ich nur so verdammt dumm sein?«

Sie fluchte, was sehr ungewöhnlich war, normalerweise wurde sie nicht mal laut. Ihre Reaktion überraschte mich völlig. Ich konnte gar nichts sagen, was sie beruhigt hätte.

»Aber Mama ...«

»Du darfst nie wieder zu ihm! Hast du mich verstanden?«

»Aber warum denn nicht?«

»Schluss jetzt! Du weißt genau, warum. Hat er etwas mit dir gemacht?«

»Er hat gar nichts gemacht. Was meinst du?«

»Du bist vierzehn, Mattias. Ich werde ...«

»Ich bin fast fünfzehn. In nur drei Wochen ...«

»Kein Wort mehr! Unterbrich mich nicht! Ich verbiete dir, ihn noch einmal zu treffen. Hast du das verstanden? Ich verbiete es dir!«

Es ist spät. Aus Mutters Schlafzimmer dringt leises Schnarchen an meine Ohren. Ich öffne das Fenster meines Zimmers und lehne mich hinaus. Die Nacht ist angenehm kühl, und aus der Ferne dringt das Mitternachtsläuten der Kirchenglocken an mein Ohr. Der Tag, an dem Samuel begraben wurde, ist vorüber. Seltsam. Einen Augenblick lang kommt es mir vor, als hätte er nie gelebt.

Ich hebe den Blick und schaue in den Nachthimmel.

Nachdem wir Samuels Mutter Gute Nacht gewünscht hatten, zogen wir warme Pullover an und gingen in den Garten hinaus. Die Nacht war sternenklar. Das Tal von Döderhult lag im Dunkeln, drüben im Osten sah man die Lichter der Stadt. Ich drehte mich um und versuchte, die Uhr am südlichen Kirchturm zu erkennen; der einsame Zeiger schien sich irgendwo zwischen elf und zwölf zu befinden.

»Kennst du dich mit Sternbildern aus?«, fragte Samuel.

»Ich kenne nur ein paar. Den großen Wagen, natürlich. Den Oriongürtel und noch ein paar andere. Und den Polarstern. Aber das ist ja nicht wirklich ein Sternbild. Und du?«

»Na ja, ich erkenne auch nicht viele. Die du eben aufgezählt hast, würde ich wohl auch finden. Aber ist das nicht unglaublich schön, Mattias? Diese Vielfalt? Tausende und Abertausende glühende Himmelskörper, die uns im Dunkeln führen – wenn wir nur lernen, sie richtig zu deuten, natürlich. All diese stummen himmlischen Wegweiser ...«

Samuel ...

Einmal hast du mir erzählt, dass das Tal von Döderhult und die Bergrücken östlich der Kirche die schönsten Plätze sind, die du kennst. Kannst du dich daran erinnern? Wir standen oben auf dem Norrbyberg und haben heruntergeschaut. Du hast auf den Bergrücken gedeutet und von den großen Bäumen erzählt, von den Eichen, dem Ahorn, den Eschen und den Linden. Eine der Linden sah anders aus als alle anderen, vielleicht weil sie von einer anderen Sorte war. Aus irgendeinem Grund mochtest du sie ganz besonders. Und nun liegst du selbst bald dort oben auf dem Berg, im Schatten der alten Bäume mit Sicht auf das ganze Tal, auf das ganze grüne Tal.

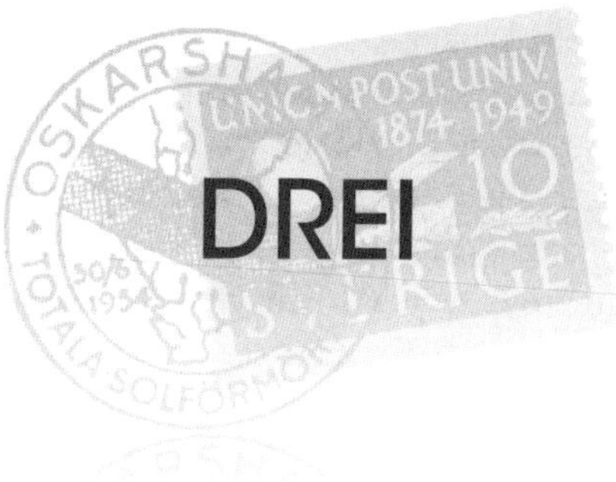

DREI

Plötzlich wird es dunkler. Ich schlage mein Buch zu und schaue auf. Ich bin wieder in Stockholm. Durch das Busfenster sehe ich die Sophiakirche oben auf der Anhöhe; das Gebäude kommt mir wie ein Riese vor, der, in einen Mantel gekleidet, dunkel und bedrohlich mit seinem alles durchdringenden Auge auf die Stadt herunterblickt. Vereinzelte Sonnenstrahlen kämpfen vergeblich um einen Platz auf dem steilen Kirchdach. Ihre Vorführung dauert eine Weile, bis ein lang ausstehender Sturzregen einsetzt. Die Wassertropfen, die gegen das Busfenster schlagen, formen sich zu Rinnsalen, die nicht zu entziffernde Muster auf das Fensterglas schreiben. Regenhieroglyphen.

Wenige Minuten später fahren wir den Hauptbahnhof an.

Der Schaffner öffnet das Gepäckfach und beginnt auszuladen. Ich nehme meinen Rucksack und trete einen Schritt zurück, um den anderen Passagieren Platz zu machen, stolpere dabei und verliere das Gleichgewicht. Der Schaffner ergreift flink meinen Arm und bewahrt mich so vor einem Sturz. Im Bruchteil einer Sekunde fühle ich seine andere Hand auf meiner Brust – stark und stützend.

Samuels Hand auf meiner Brust. Nun konnte ich seinen Puls deutlich fühlen.

»Da drin wohnt die Liebe. Lass sie so oft raus, wie du nur kannst! Dann geht es ihr gut.«

Das Buch hilft nicht, meine Erinnerungen an Samuel zu verscheuchen. Ich lege es aus der Hand und strecke mich; ich bin müde, und mir ist ein wenig kalt, aber ich bin noch nicht bereit zu schlafen. So setze ich Teewasser auf. Gerade als es zu kochen beginnt, erinnere ich mich an eine Plastiktüte mit alten Ansichtskarten und Briefen in meiner Garderobe. War da nicht eine Karte von Samuel darunter?

Ich setze mich mit meiner Teetasse auf den Boden, nehme die Tüte und schütte den Inhalt vor mir aus. Samuels Karte ist ein altes Flugbild von Oskarshamn. Die wenigen Fahrzeuge auf dem Stora Torget sind Modelle aus den Zwanzigerjahren. Ich drehe die Karte um und finde eine prächtige großformatige Briefmarke darauf – ein Gemälde von GAN, auf dem drei Seemänner in Stockholm abgebildet sind. Daneben befindet sich eine einfache Marke: ein Apollofalter auf einem Blatt.

Samuels Handschrift kommt mir mit einem Mal sehr antiquiert vor.

Lieber Mattias,

wie geht es Dir mit Deiner neuen Arbeit? Ich hoffe, dir geht es gut. Letztes Wochenende war ich am Viksee. Sehr schön, aber auch traurig. Ich wollte Pilze sammeln, kam aber mit leeren Händen nach Hause. Zumindest habe ich einen Seeadler gesehen. Kommst du Neujahr nach Hause? Es wäre schön, Dich wiederzusehen. Carolina schickt Grüße

Dein Freund Samuel

Warst du immer einsam, Samuel? Ist es denn so schwer gewesen, einen anderen Weg einzuschlagen?

Das Fragment eines Textes von Vilhelm Ekelund geht mir andauern im Kopf herum – etwas über das erste Gewahrwerden –, aber es mag mir nicht mehr einfallen. Ich glaube, es erzählt von der ersten Selbsteinsicht, um die ersten wegweisenden Entscheidungen.

Als ich am nächsten Morgen aufwache, denke ich immer noch daran, und das ruft mir ein Treffen in Erinnerung, das tiefe Spuren hinterließ.

Ich war drei Jahre alt, vielleicht vier. Mein Freund Ronny und ich spielten auf der Wiese hinter dem roten Haus, in dem er wohnte. Es war Frühling oder Herbst, ich bin mir nicht sicher, jedenfalls kalt, aber sonnig. Ich weiß es, weil wir dicke Pullover, Mützen und Handschuhe getragen haben.

»Komm, wir machen einen Wettlauf«, rief Ronny und lief hinüber zu der Ziegelwand unter den niedrigen Balkons. Ich lief ihm hinterher und kam mir dabei ziemlich ungelenk und langsam in meinen dicken Kleidern vor.

Um den Rasen herum verlief ein niedriger, vielleicht dreißig Zentimeter hoher Zaun, ein grau bemaltes Metallrohr von einfachen Stützen gehalten. Ronny rief »Auf die Plätze, fertig, los!« und rannte los, über den Rasen in Richtung Zaun. Ich natürlich hinter ihm her. Näher und näher an ihn heran, bis wir unser Zeil erreicht hatten; ich blieb stehen, griff nach der Stange und schwang mich darüber; fast hätte ich das Gleichgewicht verloren.

»Noch mal!«, forderte er mich auf.

Und wieder starteten wir an der Hausmauer. Ronny zuerst, dann ich. Aber auf dem halben Weg über den Rasen fielen mir plötzlich zwei ältere Jungs auf, die auf der anderen Seite des Zauns standen und sich unterhielten. Ich hörte auf zu rennen, obwohl Ronny weiterlief. Dann ging ich – äußerst langsam, als würde ich mich einem scheuen Fuchs oder einem Reh nähern – zum Zaun.

Die beiden Jungs waren vielleicht elf oder zwölf. Der jüngere war blond und hatte kurz geschnittenes Haar, der andere war dunkel; er lachte, während er seinem Freund etwas erzählte. Ich war am Zaun angekommen und stand kaum einen Meter von ihnen entfernt.

»Komm, Mattias!«, rief Ronny ungeduldig. »Wir wollten doch um die Wette laufen ...«

Aber ich blieb stehen, still und bewegungslos, völlig auf den dunkelhaarigen Jungen fixiert. Ich wünschte mir, dass er mich anschauen würde, dass er sich von seinem Freund abwenden, ihn stehen lassen und zu mir kommen würde, mich anlächeln und mir etwas sagen. Ich wünschte, dass er sich zu mir hocken und mir über der Wange streicheln würde oder dass er meine Hand nehmen und mich mit dieser seltsam krächzenden Stimme nach meinem Namen fragen würde. Ich wollte ein fantastisches Abenteuer mit ihm erleben.

Das Telefon unterbricht mich.

»Mattias hier.«

»Hej, Mattias. Rigmor Franzén aus Oskarshamn. Wir haben uns auf Samuels Beerdigung kennengelernt. Ich hoffe, dass ich nicht störe.«

»Aber nein, gar nicht«, antworte ich und setze mich auf die Bettkante.

»Ich habe die Telefonnummer Ihrer Mutter im Telefonbuch gefunden. Sie hatten ja die Adresse erwähnt. Und sie war so freundlich, mir Ihre Nummer in Stockholm zu geben. Ich hoffe, dass das in Ordnung ist.«

»Aber ja, das ist gar kein Problem.«

Sie räuspert sich, bevor sie fortfährt. »Es ist nämlich so, dass hier noch einige Kartons von Samuel stehen. Es scheint, als wären vor allem Briefe und Briefmarken darin, aber auch einige Bücher. Seine Verwandten haben das meiste abgeholt, aber sie haben einiges für die Heilsarmee zurückgelassen. Unter anderem eben auch diese Kartons. Als ich hineinschaute, musste ich an Sie denken, und fragte mich, ob Sie vielleicht Interesse daran haben.«

»Ja, natürlich, ich will sie gerne haben. Aber was werden seine Verwandten dazu sagen? Ich meine, wenn sie vorhatten, es für einen guten Zweck zu stiften ...«

»Ich habe schon mit seiner Schwester darüber gesprochen, Elisabeth, die Dame, die Sie auf der Beerdigung gesehen haben. Als sie hier war, habe ich ihr bei einer Tasse Kaffee ein wenig von unserer Unterhaltung erzählt, dass Sie Samuel oft besucht haben und an seinen Briefmarken interessiert waren. Und da meinte sie, dass Sie diese Kartons gerne haben könnten, wenn Sie wollten.«

»Ja, gerne. Ich sammle zwar keine Briefmarken mehr. Damit habe ich schon als Teenager aufgehört, glaube ich. Oder vielleicht als ich von Oskarshamn wegzog. Aber die Kartons hole ich mir gerne ab. Das wäre ... Es wäre mir eine Ehre.«

»Hier, Mattias, schau mal!«, sagte Samuel und zog ein ochsenblutfarbenes Album aus dem Regal. »Die meisten meiner Schmetterlingsmarken liegen in einem Karton, aber in diesem Album habe ich ein paar der schönsten zusammengesteckt.«

Ich saß auf einem Eimer vor dem hellgrauen Tisch in seinem Zimmer. Draußen vor dem Fenster schneite es seit einigen Stunden große weiche Flocken, die es in ihrer Vielzahl geschafft hatten, die einsame Eiche auf dem Weg zur Kirche oben auf dem Hügel zu verstecken. Der Boden war vollkommen mit knirschendem Weiß bedeckt.

Er setzte sich neben mich, legte das Album auf den Tisch und blätterte darin. »Das sind meine Lieblingsschmetterlingsmarken«, erklärte Samuel und schob das aufgeschlagene Album näher zu mir. »Und schau hier! Die ganze Doppelseite voller Apollofalter! Sogar ein paar mit dem Schwarzen Apollo. Mnemosyne. Vierundzwanzig verschiedene Marken, wenn man die unterschiedlichen Werte und Anzahl der Zähne rechnet ...«

»Wie ein Adventskalender«, unterbrach ich ihn.

»Ja, genau. Daran habe ich noch gar nicht gedacht. Aber die Vorstellung passt gut, jetzt zur Weihnachtszeit. Siehst du? Siehst du, wie schön sie sind?«

»Ja, sie sind wirklich unglaublich schön.«

»Kannst du dich erinnern, dass wir im Sommer die vielen Apollofalter gesehen haben? Drüben im Snäckedal, als wir hinfuhren, um die Schiffssetzung anzuschauen?«

»Die Schiffssetzung?«, fragte ich.

»Ja, dort wo Steine auf dem uralten Grab in der Form von einem Schiff angeordnet sind.«

»Ach ja, jetzt weiß ich wieder. Und dort gab es so viele Falter wegen der Disteln.«

»Genau.« Samuel deutete auf eine der kleineren Marken. »Diese tschechische gefällt mir wohl am besten. Parnassius apollo. Siehst du, wie schön sie ist.«

VIER

Plötzlich und ohne große Vorzeichen ist es Herbst. Der Wind, der mir entgegenbläst, als ich in Oskarshamn aus dem Bus steige, ist kein bisschen mild, sondern ziemlich rau; aber er bringt einen Hauch von verrottenden Gewächsen mit sich, einen wohlbekannten und wehmütigen Duft, der auf eine Art auch tröstet.

Meine Mutter wartet im Schutz eines Hauses. Neben ihr steht der kleine Gepäckroller, den sie auf dem Weg zur Bibliothek oder zum Buchladen immer hinter sich herzieht.

»Bist du der neue Herbstbote?«, fragt sie scherzend – eine Referenz an einen vor langer Zeit verschiedenen Verwandten, einen Matrosen, der zu Beginn des letzten Jahrhunderts immer genau dann von seinen Segeltouren zurückkam, als sich der Herbst gerade ankündigte.

»Ja, vielleicht«, antworte ich und umarme sie. »Ist dir nicht kalt?«

»Nein, im Gegenteil«, antwortet sie. »Ich habe den ganzen Tag drin gesessen und gelesen. Die frische Luft fühlt sich richtig gut an.«

Wir spannen meine Tasche auf den Roller und gehen Richtung Stora Torget. Der Wind zerrt an unseren Kleidern.

»Erinnerst du dich an die Laubhaufen vor der Kirche in Döderhult, die der arme Küster immer zusammenrechen musste? Ich bin mit anderen Jungs immer auf die Mauer geklettert und von da in die Laubhaufen gesprungen. Bis uns jemand verjagt hat.«

Meine Mutter nickt. »Riechst du, wie herrlich es duftet? Natürlich kann ich mich erinnern. Ich weiß auch noch, dass ich dir mehrmals verboten habe, da runterzuspringen.«

»Daran kann ich mich nicht erinnern«, antworte ich. »Es war wohl nicht so furchtbar hoch. Einige Meter vielleicht.«

»O ja, das war ganz schön hoch. Aber ich habe es dir nicht deswegen verboten, sondern weil es im Laub jede Menge Zecken gab. Ich musste dir hinterher diese ekligen Dinger mit der Pinzette rausziehen.«

»Echt? Daran kann ich mich gar nicht erinnern.«

»Ich schon. Es schüttelt mich, wenn ich nur dran denke. Im Moment ist jedenfalls das meiste Laub noch an den Bäumen. Du wirst also keine großen Laubhaufen finden, falls du deine Kindheit aufleben lassen möchtest. Dafür ist es noch zu früh.«

»Um meine Kindheit wieder aufleben zu lassen?«

Sie lacht.

»Ja, vielleicht auch das.«

»Hattest du als Kind viele Freunde?«, fragte ich und zog vorsichtig eine französische Flugpostbriefmarke mit einem Zentaur darauf aus dem Wasserbad.

»Nein, das kann man nicht behaupten«, antwortete Samuel. »Arne und Olle vom Briefmarkenverein natürlich. Aber meistens war ich allein. Du musst sie ein wenig abtropfen lassen, bevor du sie auf die Zeitung legst.«

»War man gemein zu dir?«

»Nein, eigentlich nicht. Aber ich war nie gerne mit anderen zusammen. Sie fanden wohl, dass ich ein bisschen anders war. Seltsam vielleicht. Nur eine Weile lang haben sie mich aufgezogen. Aber sie haben mich selten verhauen.«

»Womit haben sie dich denn aufgezogen?«

Er zuckte mit den Schultern. »Ich war wohl ein bisschen empfindlich. Und einmal fing ich mitten im Unterricht vor allen Mitschülern und der Lehrerin an zu weinen.«

»Warum das denn?«

Er verstummte und studierte die Gummierung einer Briefmarke.

»Die Lehrerin, Siri Törner hieß sie, las etwas aus einem Buch vor. Mark Twains Tom Sawyers Abenteuer. Das hat mich an etwas erinnert, und ich fing fast an zu weinen. Das Fräulein war sehr nett, und sie versuchte, mich zu trösten, aber sie verstand natürlich nicht, was mich so traurig gemacht hatte. Nach der Schule haben mich die anderen dann damit aufgezogen. Das ging ein paar Wochen so.«

»Wie alt warst du da?«

»Zehn. Es war im Herbst neununddreißig, aber ich erinnere mich daran, als wäre es erst gestern geschehen.«

»Woran hast du denn denken müssen? Als sie vorlas, meine ich. Was hat dich so traurig gemacht?«

Sein Gesicht versteinerte, und er wandte seinen Blick zum Fenster hinaus. »Daran kann ich mich nicht erinnern.«

Ich merkte wohl, dass er sich widersprach, aber ich traute mich nicht, weitere Fragen zu stellen. Stattdessen konzentrierte ich mich auf meine Aufgabe und zog vorsichtig eine Briefmarke aus Französisch Somalia aus dem Wasserbad – zwei Wildschweine im Galopp.

»Wie geht es dir? In der Schule, meine ich.«

Ich hatte ihm ein paarmal von der Schule erzählt, auch davon, dass ich schikaniert wurde, oft geärgert, manchmal sogar verprügelt. Aber ich wollte ihm nicht alles erzählen, ich konnte gar nicht. Ich wollte ihn damit nicht belasten.

»Es geht ganz gut. Nur dass ich nicht viele Freunde habe. Aber das ist mir egal.«

Es dämmert. Ich sitze mit meiner Mutter im Wohnzimmer. Der Wind vor den Fenstern hat nachgelassen und diese spezielle Müdigkeit zurückgelassen, die nur er mit sich bringt.

Meine Mutter hat Kaffee und Schokoladenstücke aufgedeckt. Die Tassen und Unterteller stehen zwischen den Haufen von Büchern und Zeitschriften auf dem Sofatisch.

»Willst du ein Schlückchen Likör dazu?«, fragt sie. »Ich hab noch ein wenig von dem Schlehenfeuer, das dir immer so gut geschmeckt hat.«

Während sie die Flasche und ein paar Gläser holt, nehme ich einige Bücher vom Tisch und lege sie auf den Boden, um Platz zu schaffen.

»Wie hast du eigentlich von Samuels Tod erfahren?«, frage ich, als sie zurückkommt. »Als du mich angerufen hast, ist doch noch nicht mal eine Todesanzeige in der Zeitung gewesen.«

»Als ich im Altenheim war, um Onkel Elis zu besuchen, hat sich das Personal gerade darüber unterhalten«, antwortet sie und gießt den tiefroten Likör in die Gläser, »das habe ich zufällig mitgekriegt.«

»Ich dachte, Samuel hat im Elefanten gewohnt.«

»Ja schon, aber seine Mutter wohnt im Björnbacka. Und das Personal dort im Heim hat sich den Kopf darüber zerbrochen, wie sie es ihr beibringen sollen, dass ...«

»Warte mal!«, unterbreche ich, »willst du damit sagen, dass sie immer noch lebt? Carolina? Samuels Mutter?«

»Aber ja. Hast du das denn nicht gewusst?«

»Nein, ich hatte keine Ahnung. Ich hätte niemals angenommen ... An sie habe ich gar nicht mehr gedacht. Sie muss ja ... Sie muss ja fast hundert Jahre alt sein.«

»Ja, sie ist sehr alt«, antwortet meine Mutter. »Und sie ist schon ziemlich dement. Ich bin mir nicht sicher, ob sie es überhaupt verstanden hat, als ihr erzählt wurde, dass Samuel gestorben sei. Kann sie siebenundneunzig sein? Ich weiß nicht genau. Aber hundert ist sie bestimmt noch nicht, das hätte ich mitgekriegt. Sie hat in Stahres Konditorei gearbeitet, als ich noch klein war. Sie hat da übrigens auch später noch gearbeitet. Ihr Haar war unglaublich schön, lang und schön, auch wenn sie es oft hochgesteckt trug. Alle hielten sie für eine Filmschauspielerin. Viele junge Männer haben ihr den Hof gemacht.

Langsam erwachte ich zu Carolinas Stimme; sie summte ein Lied. »... nun fällt des Winters erster stiller Schnee, und der Sommer geht ...«

Ich war nach einer langen Partie Scrabble auf dem Küchensofa eingeschlafen und öffnete die Augen. Samuels Mutter stand mit dem Rücken zu mir und machte sich an irgendetwas auf der Küchentheke zu schaffen. Dann hielt sie plötzlich inne und richtete den Blick zum Fenster hinaus. Ich sah ihr Gesicht im Profil; eine helle Strähne war heruntergefallen und hing nun über ihre linke Wange herab. Halbherzig versuchte sie, das Haar wieder hochzustecken, aber sofort fiel es wieder herunter. Carolina seufzte, stellte sich ans Fenster und schaute in den Garten hinaus übers Tal hinweg. Ich fand, dass sie sehr hübsch aussah, und öffnete den Mund, um etwas zu sagen, aber da sah ich etwas auf ihrer Wange glitzern.

Sie trocknete sich mit dem Handrücken ab, und ich wusste nicht, was ich tun sollte, entschied mich dann dazu, mich auf dem harten Sofa lautstark umzudrehen. Als ich dann meine Augen erneut öffnete, war alles wie zuvor – ihre Wangen waren trocken, das Lächeln zurück auf ihren Lippen.

»Du bist eingeschlafen, Mattias.«

»Ja, das bin ich wohl. Wo ist Samuel? Ist er auch eingeschlafen?«

Ein Schatten huschte über ihr Gesicht, aber bevor ich eine Chance hatte, ihn zu deuten, war er schon wieder verschwunden. Vielleicht hatte ich mir das auch nur eingebildet.

»Nein, er ist spazieren gegangen. Es wird ein wenig dauern, bis er wieder da ist.«

»Meinst du, ich kann sie besuchen?«

»Samuels Mutter? Bestimmt kannst du das. Aber wie gesagt, sie ist schon sehr dement. Dann kannst du ja gleichzeitig Onkel Elis besuchen, wenn du Lust hast. Den hast du wohl auch schon lange nicht mehr gesehen. Oder?«

»Ja, gute Idee. Wo liegt das Björnbacka eigentlich genau?«

Sie nimmt ein Stück Schokolade und antwortet erst, nachdem sie es gegessen hat. »Ganz in der Nähe. Im alten Epidemiekrankenhaus. Du weißt schon, direkt auf der anderen Seite des Baches. Man kann es vom Küchenfenster aus fast sehen.«

Ich öffnete die Tür zum Badezimmer im Erdgeschoss. Carolinas Badezimmer. Auf dem Waschbecken stand eine wunderschöne Parfümflasche aus blauem Glas. Ich führte sie an meine Nase und roch daran. Es war ihr Duft – Kräuternelke und Veilchen –, aber ohne die Körperwärme, mit dem ich ihn immer verband.

Vorsichtig drückte ich auf den lilafarbenen Blasebalg; ein feiner, weicher Strahl kitzelte mein Handgelenk, und ihr Duft umschloss mich. Verwandelt verließ ich den Raum.

Samuel lachte, als ich mich wenig später zu ihm stellte. »Was hast du denn angestellt?«

Ich antwortete nicht. Der Gedanke, dass wir, Carolina und ich, die beiden, die Samuel am nächsten standen, denselben Duft trugen, machte mich glücklich. Ich fühlte mich irgendwie sicher, ich weiß auch nicht, warum, und plötzlich hatte ich das Gefühl dazuzugehören.

Die Altenpflegerin führt mich hastigen Schrittes durch den hellen Korridor. Sie spricht übertrieben laut, als wäre ich einer der ältlichen Bewohner, die sie zu betreuen hatte: »Carolina bekommt nicht sehr oft Besuch. Das ist schade. Sie hatte einen Sohn, der sie immer mal besucht hat, aber der ist leider kürzlich verstorben. Und die Tochter wohnt so weit weg, dass sie selten herkommt. Es kommt fast nie einer. Deswegen ist es schön, dass Sie kommen. Carolina ist nur leider im Moment ein bisschen müde. Nach dem Mittagessen legt sie sich immer hin.«

»Ist es besser, wenn ich später wiederkomme?«, frage ich. »Oder ein anderes Mal?«

»Aber nein. Das geht schon in Ordnung. Sie hat schon eine Weile geschlafen.«

Die Pflegerin öffnet die hellgraue Tür, und ein zwar schwacher, aber eindeutiger Duft, der mir seltsam bekannt vorkommt, steigt mir in die Nase. Noch bevor ich ihn zuordnen kann, lenkt mich die laute Stimme wieder davon ab: »Hallo Carolina, ich habe Besuch für Sie. Ist das nicht schön?«

Samuels Mutter schreckt von ihrem Sofa hoch. Sie ist deutlich kleiner, als ich sie in Erinnerung habe. Wie ein Vogeljunges, denke ich, ich könnte sie vermutlich mit ausgestrecktem Arm hochheben. Ihre Augen sind trüb, und es scheint, als würde sie weder mich noch die Altenpflegerin richtig sehen. Ihr Haar ist dünn und grau, fast durchsichtig, aber immer noch sehr lang – es bedeckt das große Kissen, auf dem sie liegt.

Ich verließ Samuel später als üblich, zog die Tür hinter mir zu und ging die Treppe hinunter ins Erdgeschoss. Unten war es ganz still, nur die alte Wanduhr in der Küche tickte selbstverständlich vor sich hin. Kein Radio, kein Geräusch eines Haushaltsgeräts, nichts. Carolina hatte sich wohl schon zur Ruhe gelegt.

Vorsichtig öffnete ich die Tür zur Küche, und da saß sie auf einem Stuhl am Tisch vor dem Fenster. Sie trug ein helles Nachthemd und darüber einen dünnen Morgenrock. Das Gegenlicht verlieh ihrer Silhouette einen fast märchenhaften Schimmer – sie erinnerte mich an einen Engel auf einem

Lesezeichen. Sie neigte den Kopf ein wenig zur Seite, hob die Arme und löste den Haarknoten. Das helle Haar, leuchtend grau, fiel über ihre Schultern den Rücken hinab.

Ich war erstaunt, wie lang es war; die Spitzen hingen bis auf die Sitzfläche hinunter. Dann nahm sie den Kamm vom Tisch und begann langsam, sich zu kämmen. Es hatte etwas Rituelles an sich. Ich musste an einen Wasserfall denken, den ich auf einem unserer gemeinsamen Ausflüge zusammen mit meinem Vater besucht hatte.

Etwas ließ sie aufschauen. Als sie mich entdeckte, lächelte sie, und plötzlich ähnelte sie einem jungen Mädchen. »Ist er eingeschlafen?«

Ich schüttelte den Kopf. »Samuel ruht sich nur ein wenig aus. Er ist ... müde.«

Carolina kämmte sich weiter. Sie klang erleichtert, als sie sagte: »Er war heute so glücklich. Es ist, als hätte er wieder Lust am Leben. Es scheint ihm viel besser zu gehen.« Sie verstummte und schaute durch das Küchenfenster hinaus. »Hast du gesehen? Bald sind die Stachelbeeren reif.« Dann schaute sie mir wieder in die Augen. »Sie haben behauptet, dass er depressiv ist, dass er so krank ist, dass er mit Medikamenten behandelt werden muss. Es klang so, als wäre ich schuld daran, als ob ich etwas falsch gemacht hätte. Sie sprachen natürlich auch davon, dass sein Vater ... verschwunden ist. Aber mir kam es trotzdem so vor, als würden sie mir die Schuld in die Schuhe schieben. Ich glaube diesen Ärzten nicht. Ich glaube ihnen nicht. Sie kennen uns doch gar nicht. Sie wissen nichts. Ich glaube nicht, dass Samuel eine Depression hat. Ich glaube, dass er einfach nur traurig ist. Und die Medikamente waren es, die ihn so müde gemacht haben. Müde und schlapp. Meinen kleinen Samuel.«

Sie schüttelte sich, als würde sie frösteln, dann kämmte sie sich wieder. »Aber jetzt geht es ihm wieder gut. Wie damals als Kind. Er war ein so braver Junge. Wenn ich traurig oder schlecht gelaunt war, hat er mich immer aufgemuntert. Das ist so lange her. Lange, bevor er sich verändert hat. Er hat immer so gern gespielt und gesungen und fantastische Geschichten erzählt ... ausgefallene Geschichten. Über Tiere, die ihn besucht haben, Vögel und Schmetterlinge, die sich mit ihm unterhalten haben oder ihn an fremde Orte mitgenommen haben. Aus irgendeinem Grund war er vor allem in Schmetterlinge verliebt. Apollofalter. Und jetzt ... Es muss was passiert sein ... Plötzlich ist er wieder ganz er selbst. Etwas hat ihm geholfen zurückzufinden. Wenn ich nur wüsste, was ...«

Der Boden knarrte, als ich mich bewegte, und Carolina schaute erneut auf.

»Mattias!« Ich fand, dass sie plötzlich sehr streng klang. »Es ist schon spät. Du solltest jetzt nach Hause fahren.«

»Ich geh ja schon «, antwortete ich, schloss die Tür hinter mir und ging durch die Küche Richtung Hintertür.

»Entschuldige bitte, Mattias! Ich habe die ganze Zeit nur über Samuel geredet.« Nun klang ihre Stimme wieder versöhnlicher. »Wie geht es dir denn?«

»Mir geht es heute auch gut«, antwortete ich ihr, ohne mich dabei umzudrehen.

Sie hebt ihre Hand und fragt, wer ich bin. Die Schwester nickt mir aufmunternd zu und lässt mich dann mit Samuels Mutter allein. Ich setze mich auf den Stuhl neben das Sofa, und sobald die Tür hinter mir geschlossen ist, nehme ich Carolinas ausgestreckte Hand in meine.

»Ich bin Mattias. Ich weiß nicht, ob Sie sich an mich erinnern. Ich habe Sie und Samuel vor langer Zeit oft besucht, als wir alle noch in Döderhult gewohnt haben.«

Sie bemüht sich sichtlich, mich zu erkennen. An der Wand hinter ihr hängt ein gerahmtes Jugendbild, eine handkolorierte Fotografie.

Einige der schönen, dunklen Gesichtszüge dieser jungen Frau erkenne ich aufgrund meiner Erinnerungen wieder, und ich sehe sie in der fast hundertjährigen Frau im Sofa vor mir, deren kühle Hand in meiner liegt.

»Ich habe ein wenig Kopfschmerzen«, murmelt sie. »Vielleicht kommt bald ein Gewitter. Wer bist du?«

Ich stelle mich noch einmal vor und erzähle ihr von unserer ersten Begegnung. »Ich hatte einen Fahrradunfall, können Sie sich daran erinnern? Sie haben mir damals aus dem Gebüsch geholfen und mir zu Hause in Ihrer Küche ein Pflaster auf den verletzten Arm geklebt.«

»Hast du dich verletzt?« Der Tonfall in ihrer Stimme rührt mich.

»Das ist lange her. Sehr lange. Jetzt ist alles gut. Ich brauche kein Pflaster mehr.«

Sie runzelt die Stirn und zwinkert mich an.

Wissen Sie, dass ich Sie habe laufen sehen, Carolina? Dass ich Sie habe lachen hören. Dass ich Ihnen einmal zugesehen habe, wie Sie ihr langes helles Haar gekämmt haben?

»Ich habe ein wenig Kopfschmerzen. Ich verstehe nicht recht ... Ich glaube, es gibt gleich ein Gewitter.«

»Ja, vielleicht. Haben Sie Durst? Soll ich Ihnen etwas zu trinken geben?«

»Nein, danke. Es geht schon. Wer bist du? Kennst du mich?«

»Ich bin Mattias, und ich besuche Sie, weil ich früher, als ich noch klein war, oft Sie und Ihren Sohn besucht habe.«

»Meinen Sohn?« Sie wirkt überrascht.

»Ja, Ihren Sohn Samuel.«

Sie scheint nachzudenken, dann lächelt sie plötzlich, und ich sehe, dass sie kaum noch Zähne im Mund hat.

»Samuel«, wiederholt sie und drückt meine Hand mit ihren kleinen kalten Fingern. »Bist du endlich da? Es ist so lang her ... Mein kleiner, kleiner Samuel, wie schön es ist ...«

Ich setze an, mich noch einmal zu erklären, bringe es aber nicht über die Lippen.

»Du brauchst nicht traurig zu sein, mein kleiner Freund. Alles wird gut. Alles wird gut. Niemand wird dich bestrafen. Niemand wird dir etwas antun.« Sie drückt noch einmal meine Hand, und in ihren Augenwinkeln glitzern Tränen. »Du magst so gerne Schmetterlinge, daran kann ich mich erinnern.«

Ich spüre, wie ihr Griff langsam nachlässt, und dann sehe ich, dass sie fast schon wieder eingeschlafen ist.

»Ich denke nicht gern an meinen Vater«, sagte Samuel. »Er war ein schrecklicher Mensch, es macht mich nur traurig, an ihn zu denken. Er war sehr gemein zu meiner Mutter, zu mir auch, glaube ich, aber daran kann ich mich nicht so genau erinnern.«

Samuel saß auf einem Stein nahe der Brücke am Viksee. Ich war gerade dabei, die Thermoskanne aus meinem Rucksack zu nehmen und ihm eine Plastiktasse mit Kaffee zu reichen.

»Was meinst du mit schrecklich?«, fragte ich und hockte mich neben ihn.

»Er hat sie geschlagen. Oft. Er hat sie angeschrien. Entsetzliche Dinge! Manchmal hatte sie richtige Blutergüsse auf den Armen, die sie unter langärmeligen Kleidern verstecken musste.«

Carolinas Hand in meiner. Ich schaue sie an und streichle sie vorsichtig; die Haut ist dünn und hell, fast durchsichtig und mit braunen Flecken übersät. Ich lege ihre Hand behutsam auf dem Sofa ab und versuche aufzustehen, ohne die alte Dame aufzuwecken, aber sie schlägt die Augen auf. Einen Moment lang sucht sie mich, aber es scheint, als könne sie mich nicht mal richtig sehen.

»Ich bin's, Mattias«, erkläre ich. »Ich bin eine Weile lang hier bei Ihnen gesessen, Carolina, aber jetzt muss ich gehen. Sie dürfen noch ein bisschen schlafen.«

»Alles hängt irgendwie zusammen«, flüstert sie.

»Was haben Sie gesagt?«, frage ich und nehme noch einmal ihre Hand. Dann wiederhole ich meine Frage, leise, um sie nicht zu erschrecken, aber da ist sie schon wieder eingeschlafen.

Ich stehe auf, bleibe neben dem Sofa stehen, um Samuels Mutter noch einmal genau zu betrachten – ihr Atem ist flach, der Brustkorb bewegt sich fast unmerklich –, dann gehe ich.

Auf deiner dunklen Spiegelkommode neben der Tür steht ein Bilderrahmen mit einem Foto von Samuel als kleiner Junge. Er wirkt darauf ein wenig schüchtern, seine Lippen deuten ein Lächeln an. Neben dem Foto steht eine kleine blaue Glasflasche.

FÜNF

Die dunkelbraune Pforte mit dem roten Rautenmuster schwingt erstaunlich leicht auf, und dann stehe ich wieder in der Kirche meiner Kindheit. Obwohl ich nicht mehr im Mindesten gläubig bin, empfinde ich Ehrfurcht an diesem Ort, vor diesem Gebäude und seiner langen Geschichte.

Das Mittelschiff ist leer. Ich gehe den Gang nach vorn und bleibe am Treppenabsatz, der zum Altar hinaufführt, stehen. Zwischen den beiden hohen Fenstern hängt ein dunkles Gemälde mit einer Gestalt, die vor einem Baum kniet. Ich weiß nicht, wen sie darstellen soll. Jesus in Getsemane vielleicht?

Samuel nahm einen flachen hellgrünen Karton aus dem Regal und setzte sich damit an den Schreibtisch.

»Was ist in der Schachtel?«, wollte ich wissen und stellte mich neben ihn.

»Ansichtskarten von der Döderhultskirche«, antwortete er und hob den Deckel ab. »Ich glaube, ich habe fast alle Karten, die es je von ihr gegeben hat. Jedenfalls habe ich seit meiner Kindheit alle gesammelt, und es sind eine ganze Menge zusammengekommen.«

Er nahm eine Postkarte heraus, eine Fotografie ungefähr von der Stelle aus aufgenommen, an der ich gestürzt war.

»Das ist die Älteste von allen, sie ist ungefähr Ende des achtzehnten Jahrhunderts aufgenommen worden. Damals gab es noch kein Kreuz auf dem Turm, sondern eine andere Art von Schmuck, die wie eine Fackel aussah. Leider kann man das auf diesem Bild nicht so gut erkennen. Ich glaube, der Schmuck steht noch in einem der Turmzimmer herum.

Schau mal! Siehst du die kleinen Gebäude entlang der Mauer? Das waren das Außenklo und die Ställe, die zur Kirche gehörten. Ich kannte die noch als Kind. Einmal auf einer Radtour mit meiner Mutter blieben wir dort stehen. Irgendwann in den Dreißigern oder Vierzigern haben sie sie abgerissen.«

Ich ging um Samuel herum und stellte mich auf die andere Seite, sodass ich die Karte und die Kirche gleichzeitig sehen konnte. Große schwarze Vögel segelten erhaben um den Turm herum, Krähen oder Dohlen, ich wusste es nicht. Ich machte Samuel auf sie aufmerksam, und er griff nach dem Fernglas und richtete es auf die Kirche.

»Es könnten Raben sein«, schlug er vor. »Aus dieser Entfernung ist das allerdings schwer zu erkennen.«

»Ich kann mir nicht vorstellen, dass das Raben sind«, antwortete ich. »Bist du einmal oben gewesen? Im Turm?«

»Aber klar. Oft sogar. Du nicht?«

Ich schüttelte den Kopf.

»Als ich im Kirchenchor gesungen habe, stand ich oft auf der Empore, aber ich war niemals im Turm. Das durften wir nicht.«

»Dann sollten wir das mal tun«, sagte Samuel. »Wenn du das möchtest, meine ich. Ich kenne einen der Küster, der einen Schlüssel hat. Die Aussicht von da oben ist atemberaubend.«

Ich nahm ihm das Fernglas aus der Hand und schaute damit zur Kirche hinüber.

»Wie weit kommt man denn rauf? Bis zu den großen Fenstern?«

»Ja, fast. Die letzten paar Meter muss man schwindelfrei sein, aber bis zu den braunen Fensterläden auf Höhe der Glocken ist das gar kein Problem. Rune wird uns bestimmt die Läden öffnen, sodass wir richtig rausschauen können.«

Ich drehe mich um und gehe den Weg zurück, den ich gekommen bin. Zwei kleine Treppen führen auf die Orgelempore; ich gehe die linke hinauf und trete an das große Instrument heran. Ein Lächeln des Wiedererkennens huscht über mein Gesicht, als ich die Tasten der beiden Klaviaturen sehe – die ganzen Töne sind schwarz, die halben knochenweiß –, und erinnere mich, dass ich als Kind eine solche Farbgestaltung merkwürdig, ja fast gotteslästerlich fand.

Eine ganze Weile stehe ich am Geländer und schaue auf das Mittelschiff hinunter; hier stand ich mit dem Chor, und ich kann den Kantor fast vor mir stehen sehen. Söderholm oder Söderblom – ich kann mich an seinen Namen nicht mehr genau erinnern – war klein gewachsen und immer gleich gut gekleidet; mit präzisen, immer vorsichtigen Bewegungen dirigierte er in meinen ersten Jahren den Chor.

Ich streiche mit der Hand über die grün bemalte Oberfläche des alten Geländers, folge der Maserung und den Rissen und bilde mir ein, die Unebenheiten unter meinen Fingern wiederzuerkennen. Meine Fingerspitzen erinnern sich. Eine Berührungserinnerung.

»Cantate Domino, canticum novum laus eius in Ecclesia Sanctorum ...«

Ein dumpfer Schlag durchbricht die Stille, und einige Augenblicke später höre ich Schritte auf der Treppe. Eine junge Frau kommt auf die Empore nach oben, bleibt stehen, als sie mich entdeckt, und wirkt erschrocken oder fühlt sich gar gestört.

»Guten Tag«, sage ich.

Sie nickt, fast unmerklich, erwidert aber nichts, unter den Arm hat sie einen Stapel Notenhefte geklemmt.

»Ich würde gerne in den Kirchturm hoch«, sage ich. »Haben Sie vielleicht einen Schlüssel? Ich war als Kind oft oben und würde das gerne noch mal erleben.«

»Ich fürchte, ich kann Ihnen da nicht weiterhelfen«, antwortet sie überraschend unfreundlich und legt ihre Noten auf der Orgel ab.

»Wissen Sie, wen ich deswegen ansprechen könnte, ich meine, wer mir die Tür zum Turm aufschließen könnte?«

Sie zuckt mit den Schultern. »Bitte entschuldigen Sie, aber ich kann Ihnen da wirklich nicht helfen.«

Als ich um die Ecke biege, falle ich fast einem jungen blonden Mann in die Arme, der den schmalen Kiesweg nach Osten mit einem Rechen sauber macht. Er tritt zur Seite – springt fast –, stellt sich ins Gras und zeigt mir mit einer Geste, dass ich vorbeigehen kann.

Aber ich bleibe stehen und begrüße ihn.

Er nickt.

»Ich würde gerne in den Turm kommen«, sage ich. »Wissen Sie, wer mir da helfen kann?«

»Ich kann Sie reinlassen«, antwortet er schnell und setzt sich sofort in Richtung der Kirchenpforte in Bewegung. »Kommen Sie mit!«

Ich folge ihm schnellen Schrittes; der Kies unter unseren Sohlen klingt wie fließendes Wasser.

Der Küster öffnete die hell bemalte Holztür zum Turm und trat einen Schritt zurück, um den Weg frei zu machen.

»Bitte sehr. Nun müssen Sie nur noch hinaufklettern.«

»Würden Sie uns bitte die Luken öffnen?«, bat Samuel.

»Aber natürlich. Wo habe ich nur meinen Kopf? Gerne.« Er ergriff den großen Hebel hinter der Tür mit seinen starken Händen und begann, ihn hin und her zu bewegen. Als er fertig war, machte er eine große Geste: »Bitte sehr, die Herren!«

»Vielen Dank, Rune«, sagte Samuel und begann, den ersten Treppenabsatz zu erklimmen.

»Würden Sie mir bitte die Holzluken aufmachen?«, bat ich den Mann.

Zum ersten Mal begegne ich seinem Blick, und ich ahne ein flüchtiges Lächeln. Mit einem Mal wirkt er deutlich jünger.

»Sie waren früher schon mal hier, stimmt's?«

»Ja. Oft. Als Teenager. Ich habe ganz in der Nähe gewohnt.«

»Das wusste ich gleich. Oder besser gesagt, ich hab es mir gedacht.«

Er bewegt den Hebel mit langen Zügen hin und her. Durch die geschlossene Tür zum Kirchenschiff höre ich die einleitenden Klänge zu einem Orgelwerk. Die Organistin spielt mit großer Fingerfertigkeit. Irgendwie überrascht es mich, ja, es enttäuscht mich gar ein wenig, dass jemand, der so unfreundlich ist, so schön spielen kann.

»So. Nun müssten die Luken offen sein, zumindest die meisten. Ein paar gehen nicht mehr ganz auf. Das werden Sie sehen, wenn Sie oben sind.«

»Vielen Dank für Ihre Hilfe«, sage ich und beginne meine Klettertour. Die Musik folgt meinen Bewegungen, dunkel und distanziert wie Klänge in einem Traum.

Kurz Zeit später waren wir am untersten Turmfenster angelangt. Ich schob mich an einigen Holzkisten mit staubigen Orgelpfeifen und anderem Gerümpel vorbei und kletterte in die tiefe, runde Fensternische hinein. Es war nicht leicht, einen leeren Platz zu finden, auf dem ich stehen konnte, denn überall lagen Gegenstände herum, Kerzenleuchter, Kisten und Flaschen. Ich hielt mich, so gut ich konnte, fest und versuchte gleichzeitig, durch das vom Staub trübe Fenster hinauszuschauen.

»Pass auf, dass du dich nicht schmutzig machst!«, warnte Samuel. »Pfui, ich habe noch nie so viele tote Fliegen auf einem Haufen gesehen.«

»Man sieht über das ganze Tal«, rief ich zu ihm nach hinten.

Er lachte, kroch zu mir und bürstete mir den Schmutz von den Hosen. »Das ist noch gar nichts, mein kleiner Freund. Du wirst gleich sehen, ganz oben ist die Aussicht noch viel besser. Das macht dir ziemlich viel Spaß hier, was? Es scheint so.«

Ich zog mit meinem Zeigefinger die Sprossen des Fensters nach. »Hast du gesehen? Das Muster dieser Sprossen sieht fast aus wie sechs große Käfer, die um einen Kreis herumstehen. Um eine Schale vielleicht.«

»Ja, stimmt. Ist mir noch nie aufgefallen.«

Ich kroch aus der Nische heraus und hüpfte auf den Boden hinunter, dann hob ich eine der alten Orgelpfeifen auf und betastete die matte silbrige Oberfläche. »Was glaubst du, wie diese hier klingt? Hell oder eher dunkel?«

Samuel streckte seine Hand aus und schnippte mit dem Mittelfinger gegen das Rohr. Das Geräusch, das erklang, war ein stummes Klonk. »Ich weiß nicht. Vielleicht ist es ein sehr hoher Ton, aber mit einem dunkleren, runden Unterton.«

Gilt das nicht für so vieles, Samuel? Dass selbst der hellste Ton immer von einem dumpfen Nebengeräusch begleitet wird, von einem Unterton, der den hellen zwar einerseits trägt, andererseits aber dämpft? Dass er den hohen manchmal sogar übertönt?

Ich spüre einen starken Luftzug, als ich auf der Plattform mit den beiden Glocken ankomme, und mit einem leichten Unbehagen zwänge ich mich an der größeren von beiden vorbei nach vorn zu den offenen Luken. Der Ausblick, der mich erwartet, ist überraschend grün; die Kronen der vielen Bäume unten auf dem alten Friedhof bilden eine fast einfarbige Decke, die von den Bäumen außerhalb der Friedhofsmauern aufgenommen wird. Hier und dort wird das Grün schon von gelben, orangefarbenen oder gar roten Flecken durchbrochen, deutliche Zeichen, dass der Herbst Einzug hält. Auch der Wind, der scharf durch die offenen Luken zieht, trägt unmissverständlich Herbstdüfte mit sich.

Die Mauer um den alten Friedhof unter mir, auf die wir kletterten, um unter Einsatz des Lebens hinunterzuspringen, wirkt von hier oben aus harmlos niedrig.

Ich drehe mich um – das Orgelgeräusch ist mittlerweile nur noch schwach zu hören, ich erahne nur noch einzelne Töne, aber eine Melodie kann ich nicht mehr ausmachen – und zwänge mich erneut an der Uhr vorbei, um an eine andere Luke heranzukommen, an jene, durch die man auf den Kyrkvägen und die alte Eiche hinausblicken kann. Diese Luke geht nicht mehr ganz auf, so muss ich mich ein gutes Stück hinauslehnen, um das zu sehen, was ich sehen will. Der Schwindel, den ich anfänglich verspürte, hat sich gelegt, und der Gedanke, dass mich nun jemand sehen könnte, lässt mich innerlich lachen; ich muss wie ein Selbstmörder wirken, der sich auf einen spektakulären Abgang vorbereitet.

Mir ist ein wenig kalt, der Wind beißt und drängt sich durch meine Jacke.

Das Haus liegt auf der anderen Seite des Tals und wirkt von hier oben wie ein Spielzeughäuschen an einer Modelleisenbahn. Samuels Fenster erwidern meinen Blick. Ich wünschte, ich hätte ein Fernglas.

Ich wünschte, ich hätte eine Zeitmaschine.

Ich klopfte noch einmal an die Tür und meinte nun doch, ein Murmeln als Antwort zu vernehmen. So trat ich ein.

Samuel saß in einem Sessel vor dem französischen Balkon und schaute auf den Stora Torget hinaus. Es schien, als hätte mein alter Freund zugenommen, seit ich ihn das letzte Mal gesehen hatte. Oder kam es mir nur so vor, weil er so in sich zusammengesunken dasaß?

Erst als er meine Stimme hörte, drehte er mir den Kopf zu und begegnete meinem Blick, lächelte trübe und flüsterte meinen Namen.

Ich zog einen der alten Esstischstühle heran und setzte mich zu ihm. »Wie geht es dir, Samuel?«

»Nicht so gut«, antwortete er und richtete seinen Blick wieder zum Fenster hinaus.

Ich schaute auf den kleinen Tisch neben dem Sessel. Ein leeres Glas, ein Buch über den Künstler Glyn Philpot und eine Tageszeitung, die unberührt wirkte. Auf dem Buch lag seine Lesebrille.

»Soll ich dir Wasser nachschenken? Oder willst du was anderes? Kaffee?«

»Nein, danke. Ist schon okay. Ich will nichts. Nicht jetzt.«

»Ich hab gehört, dass deine Mutter im Krankenhaus liegt, weil sie gestürzt ist. Wie geht es ihr?«

Seine Antwort kam langsam und gedehnt. »Wir hatten Angst, dass sie sich den Oberschenkelhals gebrochen hat, aber Gott sei Dank war es nicht so schlimm. Trotzdem soll sie danach in ein Heim. Haben sie beschlossen.«

Er klopfte mit den Fingern langsam auf die Lehne des Sessels.

»Ich kann mir vorstellen, dass du deswegen traurig bist …«

Er brummte leise seine Zustimmung.

»Wann kommt sie denn ins Heim?«, fragte ich.

»Weiß nicht.«

»Das dauert vielleicht noch eine ganze Weile. Zuerst muss sie ja wohl aus dem Krankenhaus entlassen werden. Dann darf sie vielleicht noch ein wenig zu Hause bleiben, bevor es so weit ist.«

»Vielleicht. Ich weiß nicht. Elisabeth hat alles organisiert.«

Er saß eine Weile still da. Dann – vielleicht weil er mir seinen Zustand erklären wollte – sagte er: »Sie geben mir Medikamente.«

Unvermittelt überfiel mich eine Trauer, ihn in diesem Zustand zu sehen – apathisch und niedergeschlagen, mit all seinen Träumen eingesperrt. Ich stand schnell auf und lief auf die Toilette, weil ich nicht wollte, dass er mein Gesicht sah.

Ich wende mich wieder dem Turmzimmer zu und stolpere fast über einen alten ausrangierten Klöppel. Alles ist von einem dunklen Film überzogen, und dennoch erscheint hier nichts schmutzig; die dünne Schicht – Staub des bald zweihundertfünfzig Jahre alten Gebäudes und von den Besuchern in Gestalt von Tauben, Uhrmachern, verliebten Paaren und Jungs – wirkt leichter als Luft. Als ich sie berühre, steigt sie auf, schwebt eine Weile in der Luft, bevor sie einen neuen Ort findet, an dem sie sich niederlässt.

Ich gehe in die Hocke, zwänge mich zwischen einer Glocke und einem Balken hindurch, um auf die gegenüberliegende Seite des Turms zu gelangen. An den Balken und Wänden finden sich hier und dort Inschriften von Besuchern: Lisa Sandberg, 30/3 1930. Julius – und ein nicht zu entziffernder Nachname – Blechschmied, 1897. Beda und August, 1. April 1922.

Fast wäre ich auf eine tote Taube getreten, als ich unter einem Querbalken hindurchkrieche, um an ein geschlossenes Ladenpaar heranzukommen. Neben dem toten Vogel liegen die Reste eines Eis; das Bild fühlt sich ähnlich symbolträchtig an wie ein mittelalterliches Stillleben und wirkt wie arrangiert.

Vor den geschlossenen Läden ist es dunkler, trotzdem kann ich nach einer Weile den Schatten unserer Inschrift entziffern: Mattias K & Samuel G, 17. Juli 1978.

Auf dem Weg nach unten mache ich auf einem Treppenabsatz halt. Der Raum ist so gut wie leer. An einer Wand steht ein großer Holzschrank, und in einer Ecke lehnt eine reich verzierte Holzfigur, die mich an eine Galionsfigur erinnert. Eine Treppe mitten im Raum führt hinauf zu einer modernen Metalltür, hinter der sich der Dachboden über dem Mittelschiff der Kirche befindet.

Fast anmutig stehe ich still, während meine Augen die grobe grauweiße Wand inspizieren. In Gedanken ziehe ich eine Linie von der runden Fensternische in den Raum hinein. Wo stand ich damals? Ich sehe die Löcher in der Wand und trete näher heran, um sie besser zu erkennen; mein Herz beginnt, kräftiger zu schlagen. Mal sehen, hier irgendwo muss es sein. Meine Hand zittert, als ich den Arm ausstrecke.

Ein Scheppern unten am Eingang erschreckt mich. Eine Stimme ruft: »Hallo?«

Ich trete an die steile Treppe heran und antworte.

Dort unten erahne ich den blonden Mann.

»Ich muss bald gehen«, ruft er. »Um vier habe ich Schluss, und ich darf den Turm nicht offen lassen.«

Ich werfe noch einen Blick auf die Wand, vor der ich stehe.

»Verstehe«, rufe ich zurück. »Ich komme sofort.«

Ich stehe neben dem Küster, während er die Holzläden wieder schließt, und sage ihm, dass ich gerne bald noch einmal kommen würde. »Ich würde gerne von dort oben aus ein paar Fotos schießen.«

»Mittwoch bin ich hier«, antwortet er. »Dann können Sie gerne wieder rein. Passt Ihnen das?«

»Übermorgen also? Ja, das passt mir sogar sehr gut.«

SECHS

Die Glastüren des Buchladens gleiten hinter mir zu, und ich stehe auf dem Lilla Torget. Eine ganze Weile lang schaue ich mich um, betrachte die Fassaden, die Menschen, die Geschäfte und all das Gewusel dazwischen. Es erscheint mir so seltsam bekannt, und gleichzeitig ist es mir fremd.

Da sehe ich Rigmor. Sie sitzt auf einer der Bänke am alten Brunnen, und als würde sie meinen Blick spüren, schaut sie auf und winkt mir zu. Überraschenderweise kommt es mir vor, als würden wir uns schon lange kennen, obwohl wir uns erst zum zweiten Mal begegnen.

»Wir könnten hier zu Mittag essen, wenn Sie möchten«, sagt sie und deutet über ihre Schulter, »im Restaurant vom Apollo-Haus. Da isst man sehr gut. Danach könnte ich Sie mit den Kisten zu Ihrer Mutter bringen.«

»Apollo?«

»Ja, man nennt das Haus so. Ich glaube ... Hier hat es mal einen Laden gegeben, der so hieß. Aber ist lange her, lange, bevor ich hergezogen bin. Das ist so wie mit dem Elefanten, das Heim, das den Namen des Grundstücks bekommen hat.«

»Wird wohl so sein«, erwidere ich. »Als ich noch klein war, kann ich mich hier an ein großes Bekleidungshaus erinnern. Sie hatten ein riesengroßes A über dem Eingang. Apollo.«

»Wie der griechische Gott.«

»Ja, und wie der schöne Schmetterling.«

Ich deute auf den gegenüberliegende Ecke des Platzes. »Und dort drüben an der Ecke lag ein Café. Samuels Mutter hat dort ab und zu gearbeitet. Samuel und ich waren ein paarmal zusammen dort. Sie hat uns dann immer ein oder zwei Stücke Kuchen mehr auf die Teller geschmuggelt. Übrigens, die habe ich gestern besucht, Carolina, meine ich.«

»Seine Mutter? Sie muss ja uralt sein. Hat sie Sie denn wiedererkannt?«

»Nein, sie kann sich wohl nicht mehr an mich erinnern. Plötzlich hat sie mich sogar für Samuel gehalten.«

Rigmor lächelt. »Ich hab doch gesagt, dass Sie sich sehr ähnlich sind. Und wenn sogar seine Mutter Sie für Samuel gehalten hat, bedeutet das doch, dass sie sich zumindest an etwas erinnert. Finden Sie nicht?«

Ich setze an, mich noch einmal zu erklären, bringe es aber nicht über die Lippen.

»Du brauchst nicht traurig sein, mein kleiner Freund. Alles wird gut. Alles wird gut. Niemand wird dich bestrafen. Niemand wird dir etwas antun.« Sie drückt noch einmal meine Hand, und in ihren Augenwinkeln glitzern Tränen. »Du magst so gerne Schmetterlinge, daran kann ich mich erinnern.«

Wir sitzen an einem Fenster mit Aussicht über Kråkerumsbacken.

»Wie kam es eigentlich dazu, dass Samuel in diesem Heim gelandet ist?«, frage ich.

Rigmor stellt ihr Glas auf den Tisch und nickt einer Dame zu, die gerade an uns vorbeigeht. »Er konnte sich nicht mehr selbst versorgen«, erzählt sie. »Es hat wohl schon einige Jahre zuvor Schwierigkeiten gegeben, als seine Mutter krank wurde und ins Pflegeheim musste. Samuel bekam eine Depression. Noch eine, muss man wohl

rend Sie miteinander befreundet waren, meine ich. Sie müssen ja eine ganz spezielle Beziehung gehabt haben, Sie beide.«

»Ich weiß nicht, ob mir Samuel je von seiner Schwester erzählt hat. Andererseits hat Samuel ohnehin fast kaum über seine Familie gesprochen. Es ging immer nur um uns. Und natürlich um Carolina.«

Rigmor schlägt den Kofferraum zu und schließt die Vordertür auf.

»Elisabeth hat erzählt, dass Sie sich sogar mal begegnet sind. Auf irgendeinem Fest, wenn ich mich recht erinnere. Ach ja, bei einem Walpurgisfeuer. Kann das sein?«

Es durchfuhr mich wie ein Blitz.

»Ja, das stimmt. Ich hatte ... Ich hatte das ganz vergessen.«

Die Flammen des Walpurgisfeuers schlugen plötzlich wie wild in die Höhe, ich spürte die starke Hitze in meinem Gesicht, und Samuel zog mich an der Schulter davor zurück. Der Wind trug eine dicke Rauchschwade mit sich und zwang sie auf die Erde zurück. Eine hübsche Frau in einem roten Kleid befreite sich aus der dunklen Wolke. Sie wollte gerade an uns vorbeilaufen, als Samuel sie vorsichtig am Arm berührte. Sie blieb stehen und lächelte ihn an.

»Ach, du bist das, Samuel. Ich wäre gerade fast flambiert worden.«

»Ja, man muss gut aufpassen.« Er räusperte sich. »Elisabeth, das ist mein Freund Mattias.«

Sie sah ihrem Bruder sehr ähnlich, aber sie bewegte sich viel selbstsicherer und machte einen deutlich lebenslustigeren Eindruck, sogar hier im Dunkeln auf der Wiese am Gölkärret. Ihre Hand fühlte sich kühl und rein an, als wir einander begrüßten. Dagegen kam ich mir tollpatschig und schmutzig vor.

»Aha, das ist also dein Freund, der Mattias, über den schon so viel erzählt hast.« Sie schaute mich an. »Wie alt bist du denn, Mattias?«

»Fünfzehneinhalb«, antwortete ich wahrheitsgemäß.

Elisabeth nickte.

»Ach, fünfzehn. Das ist ein schönes Alter. Und ihr beide ... sammelt also Briefmarken.« Sie zog die Silben lang, und es war, als würden die Worte ihre übliche Bedeutung verlieren. Mit einem Mal fühlte ich mich unsicher und verletzbar.

»Ja«, antwortete Samuel. Ihm schien die Situation ähnlich unangenehm wie mir. »Mattias interessieren auch Briefmarken. Genauso wie Schmetterlinge.«

»Das ist ja toll, wenn man ein gemeinsames Hobby hat. Wer weiß ...«, setzte sie fort und schaute mich wieder an, »vielleicht liest dir mein kleiner Bruder auch bald Gedichte von Vilhelm Ekelund vor. Oder warum nicht gleich Kavafis? Oje, jetzt kommt der Rauch wieder.«

Diesmal war Samuels Griff um ihren Arm weniger freundlich. Bevor sie sich losriss und weiterging, hörte ich, wie Samuel sie anzischte: »Warum bist du nur so unmöglich?«

Seine Schwester lachte auf. »Ich bin nicht unmöglich. Du kannst nur die Wahrheit nicht ertragen. So war es schon immer.«

Meine Mutter legt eine Ansichtskarte als Lesezeichen in das Buch und schlägt es zu, bevor sie aus dem Sessel aufsteht. »Mattias, jetzt ist es wirklich an der Zeit, dass ich mich hinlege.« Sie gähnt. »Bleibst du noch auf?«

»Ja, ein bisschen noch.«

»Ich mach die Tür zu meinem Schlafzimmer zu, falls du noch Radio hören oder fernsehen willst. Aber mach sie bitte auf, bevor du schlafen gehst, sonst fühle ich mich so eingesperrt. Gute Nacht!«

Sie dreht sich um und geht in Richtung ihres Schlafzimmers. Auf der Schwelle bleibt sie stehen und schaltet das Deckenlicht an. Einen Augenblick lang sehe ich die Silhouette einer alten Frau, zusammengesunken und zerbrechlich. Dann schließt sie die Tür, und es ist wieder dunkel.

Ich brühe ein wenig Tee in einer Kanne auf und setze mich im Wohnzimmer auf den Boden. Neben mir, vor der schönen Vitrine, die der Herbstbote von einer seiner Seereisen mitgebracht hat, stehen die drei Kisten.

Vorsichtig stelle ich die Tasse auf den Tisch und öffne die erste. Es sind hauptsächlich Bücher darin. Ich nehme eines heraus, ein ziemlich abgenutztes Handbuch über Schmetterlinge. Es ist klein, und die Bindung wirkt wie von Hand gemacht. Ob es Samuel selbst zusammengeklebt hat? Er hat die Innenseite des Buchdeckels mit seinem Namen versehen und das Datum vom Frühling darunter gesetzt, in dem er vierzehn wurde: 14. April 1943.

Ich blättere bis zu den ersten Seiten mit Abbildungen: Schwalbenschwanz, Baumweißling und Apollofalter. Auf der nächsten Seite finde ich eine Notiz: *Die Unterstreichungen gelten nur für die in Oskarshamn vorkommenden.*

Ich nehme einen Schluck Tee und blättere weiter. Hier und dort finde ich an den Seitenrändern Anmerkungen in Samuels dünner und irgendwie zierlicher Handschrift. Neben der Beschreibung über den Apollofalter, *Parnassius Apollo*, hat er eine besonders schön geschriebene Notiz hinterlassen: *A. Mnemosyne, weiße dünne Flügel. Mnemosyne, Göttin der Erinnerung. Lebt auf Liebeskraut! V. Ekelund: Mnemosyne – Treueverhältnis zu den ersten Einsichten, zum allerersten Gewahrwerden.*

Dann werden die dünnen Linien unleserlich.

»Was für ein seltsamer Name. Warum heißt es Liebeskraut?«, fragte ich und spähte zu den Schmetterlingen an der Steinmauer hinüber.

»Ich bin mir nicht sicher«, antwortete Samuel. »Aber ich glaube, dass man es früher dazu benutzt hat, vorherzusagen, wen man heiraten wird.«

Er setzte sich auf einen großen Stein in der Nähe der Mauer.

»Glaubst du an Prophezeiungen?«, fragte ich.

Samuel brummte etwas Undeutliches zur Antwort.

»Weiß nicht, ob ich daran glaube. Vielleicht ist es eher so, dass das, was man erwartet, dann auch passiert. Wie eine Art sich selbst erfüllende Prophezeiung. Also, wenn man an das glaubt, was einem vorhergesagt wird, dann trifft es auch ein. Aber so einfach ist das wohl nicht. Sonst wäre die Welt eine andere. Glaubst du nicht?« Er beugte sich hinunter und hob einen Kiesel auf. »Wenn ich mir etwas für dich wünschen könnte, Mattias, so wäre das ...« Er stand auf und dachte eine Weile nach. Dann lachte er und warf den Stein auf die Mauer hinüber. »Stell dir vor, dein Leben wäre wie das der samtschwarzen Larve des Apollofalters. Stell dir vor, deine Hauptnahrungsquelle wäre das Liebeskraut! Wäre das nicht fantastisch? Ich habe ja selbst nicht wirklich viele Erfahrungen mit der Liebe gemacht, es kam einfach nicht dazu. Vielleicht war das meine eigene Schuld, weil ich mich einfach nicht getraut habe. Aber als ich es getan habe, als ich mich getraut habe, fühlte ich mich ... ganz. Als würde ich dazugehören, als hätte ich Teil an etwas Großem und Umfassendem. Nichts anderes spielte mehr eine Rolle. Nichts anderes war mehr wichtig. So war das wirklich.

Ich wünsche mir, dass du das erleben darfst. Viele Male. Und ganz, ganz lange.«

In der anderen Kiste liegen obenauf drei kleine Schachteln. Ich öffne den Deckel der einen, einer alten Pralinenschachtel mit der Aufschrift *Bunte Brothers*. Sie ist voller Briefmarken. Eine erkenne ich sofort wieder, eine schöne blaue Marke der USA mit dem Yellowstone Park als Motiv.

»Magst du Briefmarken?«

»Ja, ich glaub schon.«

»Dann werde ich dir welche zeigen ...«

Ansonsten ist die Kiste voller Bücher, vor allem voller Romane. Einige davon habe ich selbst schon gelesen. Ich blättere in einem davon, und überfliege einige mir wohlbekannte Passagen. Eine Quittung, die wohl als Lesezeichen gedient hat, fällt heraus. *Björck & Börjessons Antiquariat und Buchhandel, Drottninggatan 62, Stockholm.* Sie ist auf den 20. April 1945 datiert. Samuel war gerade mal sechzehn, als er die beiden Bücher gekauft hat, Stefan Zweigs *Verwirrung der Gefühle* und Knut Hamsuns *Mysterien.* Sie haben zusammen sechs Kronen neunzig gekostet. Nicht mal sieben Kronen für zwei Schriftsteller; der eine nahm sich das Leben, weil er unter den Nazis nicht leben wollte, der andere hoffte, dass genau dieses Regime den Weg in eine bessere Welt bahnen würde.

In einer Ecke des Kartons – unter einer zerlesenen Sammlung von Erzählungen mit dem Titel *Das verschwundene Modell* – liegt Samuels Fernglas und ein Bündel mit Briefen, zusammengehalten von einem gelbbraunen Gummiband. Es hat seine Elastizität komplett verloren, es reißt und zerfällt in mehrere Stücke, sobald ich die Briefe herausnehme.

Das oberste Kuvert ist mit italienischen Marken frankiert – auf einer davon findet sich eine wunderschöne Abbildung eines Berggipfels des Himalayas –, adressiert an Samuel F Gunnarsson. Ich schaue auf die Rückseite, um festzustellen, wer den Brief geschickt hat, und sehe, dass er nie geöffnet wurde.

Dann blättere ich durch die anderen Briefe. Alle ungeöffnet und alle an Samuel F Gunnarsson adressiert.

»Merkwürdig«, murmle ich vor mich hin. Samuels zweiter Vorname war doch Bror.

Ich nehme noch einmal den Brief mit den italienischen Marken heraus. Eine Weile sitze ich mit dem Kuvert in der Hand da und betrachte die weichen Linien auf der blaugrünen Marke; der Berggipfel ist in romantischer Manier dargestellt, fast, als wäre es ein Traumbild oder eine Fieberfantasie.

»In den ersten Jahren war es so ungeheuer spannend zu sammeln. Es war, wie auf Reisen zu gehen. Ich habe mich weggeträumt. Ich habe Leute in Büros und Geschäften um alte Briefe oder ausgeschnittene Marken gebeten. In der Zentrale vom Konsum am Lilla Torget gab es eine Frau, die immer an mich gedacht hat. Manchmal hatte sie ganz viele Marken gesammelt und in ein Kuvert gesteckt.

Und Björk unten in Kråkerumsbacken, der mit dem Buchladen, hat auch für mich gesammelt. Er hat sich selber auch sehr für die Marken interessiert und Marken, Alben und Bücher über Briefmarken verkauft. Manchmal bekam ich auch von ihm Marken. In braunen Kuverts, die nach dem Pfeifentabak gerochen haben, den er geraucht hat. Ich erinnere mich noch gut an den Duft, er roch richtig lecker. Und manchmal kaufte ich Marken bei ihm.

Die eine oder andere Marke bekam ich auch von Nachbarn, denen ich von meiner Leidenschaft erzählt hatte. Einmal bekam ich eine ganz besonders schöne Marke aus Algerien. Darauf war der Triumpfbogen von Lambese abgebildet, eine schöne braune Marke.

Ich wühlte sogar im Müll von der *Oskarshamnzeitung* und von der *Nyheterna*. Melchiors Buchladen hat damals schon den Müll getrennt, sodass alles Papier für sich lag. Da habe ich viele feine Marken gefunden, vor allem aus den nordischen Ländern, aber manchmal auch aus Amerika, Kanada und Asien. Die Marken mit den Bildern von Yellowstone und Yosemite, die ich dir gezeigt habe, waren von einem Brief, den ich dort gefunden habe.

Mit Hilfe der Marken bin ich dann durch Schweden und

Skandinavien gereist, ja, und noch weiter in die Welt hinaus: England, Ungarn, Amerika. Und Afrika, mit all seinen schönen Marken von Fischern und Kriegern ...«

SIEBEN

Das Morgenlicht, das durch die halb geöffneten Jalousien hereinfällt, ist sanft und leicht, die ungeöffneten Briefe, die neben mir auf dem Nachttisch in einem kleinen Haufen liegen, haben die Farbe verändert, verträumte, helle Nuancen, wie anhaltender Nebel auf einer Sommerwiese an einem frühen Morgen.

Die Eindrücke eines Traums necken meine Gedanken, aber dann wird die Erinnerung deutlicher, und plötzlich weiß ich wieder, was das F auf den Briefen bedeutet.

Samuel hob zwei größere Kartons von einem der oberen Regalböden herunter.

»Hier drin hebe ich die ungeöffneten Briefe aus aller Welt auf. Die meisten sind Ersttagsbriefe, die ich über verschiedene Clubs und Vereine bestellt habe. Aber viele habe ich von anderen Sammlern bekommen und von Freunden und Bekannten, die mir von ihren Reisen was geschickt haben.

Ich finde ungeöffnete Briefe unglaublich aufregend. Das ging mir schon immer so. Man fragt sich, was wohl darin sein mag? Welche Neuigkeiten man erfahren wird? Oder welche Sorgen, welche Veränderungen? Es könnte ja auch ein Liebesbrief sein? Oder der Brief von einem Freund, der weggezogen ist und mir von seinem neuen Leben erzählen will? Manchmal sind es vermutlich nur ganz alltägliche Briefe mit Informationen über das Wetter, Geburtstagsfeiern, Krankheiten. Es hat mir immer gefallen, mir auszumalen, was drin steht, bevor ich Briefe geöffnet habe.

Ich kann mir einen aussuchen, bewusst oder zufällig, und mich dann mit dem Brief in der Hand irgendwo hinsetzen, ihn betasten, an ihm riechen und mithilfe all dieser Eindrücke eine Geschichte zusammenfantasieren.«

Er nahm ein längliches Kuvert heraus, frankiert mit vier kanadischen Marken – je ein Kopf von einem Eisbären und einem Eisberg im Hintergrund; die hellblaue Farbe des Kuverts unterstrich den Eindruck der Kälte. Dann deutete er auf die Anschrift.

»Ich hatte die Idee zu diesem F zwischen meinem Vor- und meinem Nachnamen. F wie Freiheit, F wie Fantasie. Meine Freunde und Bekannten sollten mir leere Briefe schicken und zwischen Vor- und Nachnamen ein F schreiben. Samuel F Gunnarsson. Dann wusste ich, dass es ein leerer Brief war, einer, den ich nicht öffnen musste, sondern für meine Sammlung aufbewahren konnte. Auf diese Weise bekam ich zum einen neue Marken, zum anderen Briefe, deren Inhalte ich mir wieder und wieder zurechtträumen konnte.«

Ich fühlte eines dieser Kuverts.

»Aber Samuel, in diesem Brief ist doch was drin. Er fühlt sich wie ein richtiger Brief an.«

»Na klar!«, lächelte er. »Aber es ist nur ein leerer Bogen Papier, verstehst du? Oder vielleicht eine Seite aus einer Tageszeitung oder so was. Das ist ja der Witz an der Sache. Es soll sich doch wie ein richtiger Brief anfühlen. Ich fand meine Idee richtig pfiffig. Du nicht?«

Einer der Briefe wurde im Januar 1958 in Tristan da Cunha abgestempelt. Neben der Briefmarke, auf der ein Medaillon mit dem Porträt

Elizabeth II. abgebildet ist, sehe ich die scherenlose Tristankrabbe. Ich führe den Brief näher an meine Augen heran, um besser zu sehen. Das Kuvert fühlt sich dick an. Der Absender muss mehrere Bögen hineinsteckt haben. Wie unnötig, denke ich, wo der Brief doch nie geöffnet werden sollte.

Ich drehe es um und lese den Namen des Absenders. Wilhelm Sand mit der Adresse einer Reederei an der Südküste Englands.

»Wilhelm Sand«, flüstere ich, und plötzlich fällt es mir ein. »Willam.« Samuels Freund und Liebhaber. Seine große Liebe. Die Liebe seines Lebens.

Der Brief erreichte mich an einem Freitag, drei Tage vor meinem siebzehnten Geburtstag. Meine Mutter hielt ihn mir hin wie jeden anderen Brief, aber ich wusste sofort, dass er von Samuel kam. Neben der rotbraunen schwedischen Briefmarke mit zwei Händen darauf, einer kleinen und einer großen, die einander hielten – exakt so weit von der Oberkante des Kuverts platziert wie von seiner rechten Seite –, klebten zwei weitere Marken. Die erste war aus Tristan da Cunha, eine blauschwarze Marke mit Elizabeth II. und einer Makrele darauf, die mir Samuel ein paar Jahre zuvor gezeigt hatte. Die andere – ein Apollofalter in feinen, liebevollen Linien gezeichnet – war aus der Tschechoslowakei. Es war der erste Brief von Samuel seit langer, langer Zeit und das erste Lebenszeichen.

Ich ging in mein Zimmer, schloss die Tür und setzte mich aufs Bett.

Alles Gute im Voraus, mein Freund! Es ist lange her, dass wir uns begegnet sind, und deswegen habe ich nun einen Vorschlag. Sonntag, wenn Du Lust und Zeit hast, machen wir einen Ausflug. Es gibt einen Platz, den ich Dir gerne zeigen möchte, und etwas, das ich Dir gerne erzählen würde. Und selbstverständlich sollst Du ein Geschenk bekom-

men. Vielleicht können wir uns schon früh treffen, so gegen zehn. Ruf mich an, sobald Du kannst.

Liebe Grüße, Samuel

P.S. Ich hoffe, Dein Fahrrad ist in gutem Zustand. Falls nicht, kann ich Dir helfen, es zu reparieren. Zum Gehen wäre es nämlich zu weit.

Es klopft an meiner Tür, leise und vorsichtig.

»Ja?«

Meine Mutter steckt den Kopf zur Tür herein. »Ich war mir nicht sicher, ob du schon wach bist. Hast du gut geschlafen?«

»Sehr gut sogar. Und du?«

»Ich schlafe immer gut, das weißt du. Es könnte ein Düsenjäger auf meinem Kopfkissen landen, und ich würde es nicht merken. Willst du Kaffee? Ich wollte mir gerade eine Tasse kochen.«

Eigentlich ist es mir zu früh, aber ich sage dennoch zu. Sie lässt die Tür einen Spalt offen stehen, und ich höre ihre Schritte Richtung Küche entschwinden. Ich gähne und denke wieder an Samuel.

Wir setzten uns auf einen flachen, mit Moos bedeckten Felsen in der Nähe der Stromschnellen.

»Im Frühjahr ist es oft unmöglich, auf diesem Stein zu sitzen«, erzählte Samuel. »Da steht das Wasser bis hier oben. Und die Brücke da unten am Weg ist überspült. Das Wasser rauscht vom See hier runter, aus dem Wald und von den Bächen. Das ist ein beeindruckender Anblick, mitunter sogar ein wenig erschreckend. Das Schmelzwasser trägt alles Mögliche mit sich, Bäume und Äste. Einmal habe ich sogar ein totes Elchkalb gesehen.«

»Ist es ertrunken?«

»Das weiß ich nicht. Vielleicht.«

Nach einer Weile fuhr er fort: »Da gibt es etwas, das mir seit Langem im Kopf herumgeht. Ich möchte dir gerne etwas erzählen.

Als ich siebzehn war, ein paar Monate älter, als du jetzt bist, begegnete mir ein junger Mann, in den ich mich sehr verliebt habe. Ich wollte dir schon lange von ihm erzählen, aber irgendwie habe ich es bisher nicht über die Lippen gebracht. Ich finde, es ist jetzt an der Zeit.«

Dann wandte er sich mir zu, und ich sah Unruhe in seinen Augen. »Ich hoffe, du hast nichts dagegen, wenn ich dir das erzähle.«

»Nein. Bestimmt nicht«, antwortete ich, ohne zu verstehen, was ich da eigentlich sagte. »Du kannst mir natürlich alles erzählen.«

Samuel machte eine lange Pause, schaute zuerst zu den Stromschnellen hinunter und richtete dann seinen Blick auf den unteren Felsweg auf der anderen Seite des Flusses. »Er war einundzwanzig und fuhr zur See. Wir haben uns kennengelernt, als das Schiff, auf dem er gearbeitet hat, im Hafen hier in der Stadt geankert hat. Ich weiß nicht mehr, wie es hieß. Der Name klang irgendwie russisch, glaube ich, er war auf so vielen Schiffen. Jedenfalls hatte es einen Maschinenschaden, und es dauerte eine Weile, bis es repariert werden konnte. In der Zeit trieb sich die Besatzung in der Stadt herum, besser gesagt, die Matrosen machten sich mit den Mädchen in der Stadt vertraut. Nur er nicht. Er hat sich für Mädchen nicht interessiert. Stattdessen passierte es, dass er mir eines Tages in der Stadt über den Weg lief. Ich kam gerade von *Stahres Konditorei*, weil ich meiner Mutter etwas gebracht hatte, und als ich auf den Platz kam, sah er mich. Ich war gerade dabei, den Hinterreifen von meinem Fahrrad aufzupumpen. Das Ventil war kaputtgegangen, und bevor ich zu meiner Mutter gegangen war, hatte ich bei *Monark* an der Ecke ein neues gekauft.

Ich habe seine Blicke gefühlt, noch bevor er mich angesprochen hat. Es lief eine Art warmes Zucken durch meinen Körper, wie das elektrische Signal eines Relais, das seit Langem nicht benutzt worden ist. Das schon lange genau auf dieses Signal gewartet hat. Ich glaube, nein, ich bin mir sicher, dass ich schon rot geworden bin, bevor ich mich umgedreht habe, noch bevor ich ihn gesehen habe, und Ewigkeiten, bevor sich unsere Blicke getroffen haben. Hast du so was schon mal erlebt? Dass man das ganze Ausmaß einer Begegnung schon ganz am Anfang erkennt? Alles, und ich meine wirklich alles, war in diesem ersten Augenblick enthalten: die Sehnsucht, die Wildheit, die Schönheit, die Hingabe, die Einsamkeit, die Reue, die Trauer. Alles war von Anfang an da, und mir blieb nichts anderes übrig, als mich davon forttragen zu lassen. Dieses Gefühl war so stark, so unerhört mächtig. Eine Naturgewalt, möchte man fast sagen. Wie dieser Frühlingsstrom. Schön und erschreckend zugleich.

Er lehnte sich an die Fassade zwischen *Stahres* und *Kapp-Persson*, lässig und zumindest in meinen Augen herausfordernd, er war so gefährlich schön wie ein Matrose auf einem Gemälde von GAN oder eine Gestalt aus einem Roman von Jean Genet. Und ich konnte nicht anders, als ihn anzustarren, mit meinem Blick seinen ganzen Körper zu streicheln. Was er natürlich merkte. Natürlich.«

»Was passierte dann? Hast du dich mit ihm unterhalten?«, fragte ich und warf den Zweig, den ich gefunden hatte, hinunter in den rauschenden Fluss.

Samuel nickte. »Ja, klar habe ich mich mit ihm unterhalten, auch wenn ich mich immer noch wundere, wie ich das überhaupt fertiggebracht habe. Du darfst nicht vergessen, dass das alles neu für mich war. Neu und fremd. Und trotzdem konnte ich nur das eine. Ich hatte gar keine Wahl. Ich war unglaublich aufgeregt, trotzdem schaffte ich es irgendwie, ihm zu sagen, wie ich heiße, und ihn nach seinem Namen zu fragen.«

Samuel hielt in der Erzählung inne, schaute über das Wasser hinweg und lächelte vor sich hin. »Wir waren am allerersten Tag genau hier. Er und ich. Nur er und ich und jede Menge unglaublich blaugrüner Libellen, die um uns herumschwirrten. Funkelnde Miniaturtänzer, fliegende Smaragde. Ist es nicht lustig, dass es ausgerechnet Libellen waren ... Wusstest du, dass man sie früher Wasserjungfern genannt hat?«

Dann begegnete er wieder meinem Blick. »Wilhelm Sand. So hieß er. Wilhelm. Wie so viele Kaiser und genau so wie der höchste Berg in Neuguinea, von dem ich nie eine Briefmarke gefunden habe. Du weißt, ich habe jede Menge wunderschöner Marken mit Bergen darauf: Mount Hurd, K2, Gasherbrum und andere Berge im Karakoram. Ich meine, es müsste doch auch eine Briefmarke mit dem Mount Wilhelm geben, aber offenbar nicht. Egal, Wilhelm war jedenfalls schöner und stattlicher als alle Kaiser, als jeder Berggipfel. Er wollte, dass ich ihn Willam rief. Wie sein Großvater oder seine Großmutter, ich weiß nicht mehr genau, ihn in Visby als Kind genannt hatten. Wilhelm. Willam. Gesund, kräftig und sehr gut aussehend ... Ich habe mich Hals über Kopf in ihn verliebt.«

Die Tür knarrt, als meine Mutter sie aufschiebt und mein Zimmer betritt. »Dir ist etwas runtergefallen«, sagt sie und stellt ein kleines Tablett auf meinem Nachttisch ab. »Ein Brief.«

Sie bückt sich hinunter und hebt ihn auf. »Au, ich bin nicht mehr so beweglich.«

Es ist Wilhelms Brief aus Tristan da Cunha.

Vorsichtig betastet sie ihn. »Fühlt sich an wie ein Foto. Es ... knackt, wenn ich ihn biege. Ist das einer von Samuels Briefen? Aber ... Der ist ja noch nicht geöffnet worden!«

»Das hat seinen Grund. Und es ist bestimmt kein Foto drin. Er ist leer. Alle Briefe in diesem Haufen sind leer.«

Sie schaut mich irritiert an. »Der ist doch nicht leer. Es fühlt sich wirklich wie ein Foto an.«

»Aber das kann doch gar nicht sein. Samuel wollte, dass ... Warte mal!« Ich setze mich in meinem Bett auf. »Darf ich mal?«

Sie hält mir den Brief hin und setzt sich auf den Stuhl.

»Du hast recht. Es fühlt sich wirklich so an, als wäre ein Foto in dem Brief. Wie merkwürdig.«

»Wieso ist das merkwürdig?«

Sie schaut mich verwundert an, und ich erzähle ihr von Samuels Liebe zu ungeöffneten Briefen, dass diese Sammlung nur dazu gedacht war, seine Fantasie anzuregen.

Meine Mutter zuckt mit den Schultern. »Deswegen kann das doch trotzdem ein ganz normaler Brief sein«, sagt sie und schiebt das Tablett mit der Kaffeetasse näher an mich heran. »Der Absender kann sich doch mit dem Namen vertan haben. Oder vielleicht hat Samuel etwas durcheinandergebracht. Wer weiß? Vergiss nicht den Kaffee, solange er warm ist.«

»Ach ja, danke. Übrigens, Rigmor vom Elefanten hat mir erzählt, dass Samuel so gut wie jeden Tag in die Bibliothek gegangen ist. Hast du ihn da jemals gesehen?«

Meine Mutter denkt eine Weile nach, bevor sie antwortet.

»Nein, ich kann mich nicht erinnern. Aber ich bin da auch immer ziemlich in Gedanken. Ich hab ja immer etwas vor, da krieg ich nicht unbedingt alles um mich herum mit. Dabei fällt mir ein, dass ich ihn oft im alten Theater gesehen habe, als ich noch jung war. Ich musste erst kürzlich daran denken. Es muss zum Ende der Fünfzigerjahre gewesen sein, glaube ich. Oder Anfang der Sechziger. Er war da ziemlich oft bei Theateraufführungen und Konzerten.« Dann lächelt sie. »Vielleicht hat ihm die Umgebung so gut gefallen.«

»Was meinst du damit?«

Sie steht von ihrem Stuhl auf und streicht eine Falte in ihrer Hose glatt.

»Die Bibliothek liegt ungefähr dort, wo früher das alte Theater stand. Selbe Straße, nur ein Grundstück daneben. Und jetzt muss ich selber dahin.«

Die Haustür schlägt zu, und Mutters Schritte verhallen im Treppenhaus. Ich stelle die Tasse wieder hin und nehme den Brief erneut in die Hand. Er brennt unter meinen Fingerspitzen.

Dann öffne ich die Briefsendung, die verschlossen geblieben ist, seit Wilhelm Sand das Kuvert abgeleckt hat, sechseinhalb Jahre bevor ich überhaupt auf die Welt gekommen bin. Meine Mutter hat recht. Ich finde tatsächlich eine Fotografie darin. Ein quadratisches Schwarz-Weiß-Foto von einem jungen blonden Mann. Er steht vor einer Holztür und lehnt sich gegen die helle, mit Efeu bewachsene Steinmauer. Die Sonne scheint in sein Gesicht; er lacht und schaut direkt in die Linse. Auf dem Kopfsteinpflaster hinter ihm spielen zwei Kinder mit Murmeln. Das eine – es sieht aus wie ein Mädchen – schaut im Augenblick des Auslösens zu dem Mann nach oben. Das andere – ein Junge – fixiert die Glasmurmeln mit einem siegessicheren Lächeln.

Ich drehe das Bild um. »Willam, Sommer 1957«. Und darunter mit einer etwas freieren Handschrift: »Klosterbrunnsgatan. In diesem Haus wohnen meine Eltern.«

Und dann lese ich den Brief.

Mein lieber Samuel, mein nordischer Liebhaber, Freund und Kamerad,

dies muss der Welten einsamste Insel sein. Jedenfalls behauptet das der Kapitän hier in der Burghead Bay, und er muss es schließlich wissen, nachdem er schon so viele Häfen in aller Welt gesehen hat. Ich lese noch einmal den Brief, den Du poste restante nach Tarifa geschickt hast, und denke an Dich. Natürlich denke ich oft an Dich. Du sollst wissen, dass ich viel an Dich denke. Darüber musst Du Dir eigentlich keine Gedanken machen, und eigentlich musst Du das auch nicht danach fragen. Ja, vielleicht hätte ich bei Dir bleiben können, wenn alles anders gewesen wäre, wenn ich ein anderer wäre. Aber in mir wohnt eine Unruhe. Ich halte es nicht aus, still zu sitzen. Ich muss raus, weg. Trotzdem vermisse ich Dich oft. Deine streichelnden Hände. Ich denke an eines der Zitate von Vilhelm Ekelund, das Du mir in mein Notizbuch geschrieben hast. Geschmack ist eine sichere Brücke zwischen Menschen und Menschen: zwischen Einsamkeit und Einsamkeit. »Geschmack ist ein stetes

Freundschaftsfest.« Was die Liebe angeht, so haben wir beide denselben Geschmack, Du und ich, da können wir einander wirklich begegnen. Aber wenn es um die große Reise Leben geht, so gehen unsere Geschmäcker auseinander. Du willst Dich gerne niederlassen, kannst an einem Ort glücklich sein, während ich ständig das Bedürfnis habe, mich zu bewegen, weiterzureisen, Grenzen zu überschreiten. Mein Vater sagte schon immer, dass ich so unruhig bin.

Du bist ein lieber Mensch, Samuel, ein lieber und guter Mensch, den ich mag, und es macht mich traurig, von Deiner Einsamkeit zu lesen. Ich wünsche Dir Mut, einen anderen Mann zu finden, mit dem Du zusammen sein magst, jemand, der ruhiger ist und der es bleiben will, jemand, der auch in dieser Hinsicht Deinen Geschmack teilt. Ich wünschte auch, dass Du nicht so unter Deinem schrecklichen Geheimnis leiden würdest.

Du hast mich um eine Fotografie gebeten. Hier bekommst Du sie und damit auch meine wärmsten Freundschaftsgrüße. Im nächsten Frühjahr werde ich wieder für eine Weile Schweden besuchen, und ich hoffe sehr, dass wir uns dann sehen. Deine Freundschaft ist mir wichtig, das sollst Du wissen. Und ich will gerne den Efeuwald sehen, von dem Du geschrieben hast. Das wird mich sicher an meine Kindheit auf Gotland erinnern.

Samuel, mein Freund. Ich mag das Gedicht, das Du mir gewidmet hast. Ich erinnere mich auch daran. Hast Du es schon damals geschrieben, oder bist Du erst später darauf gekommen? Vielleicht hast Du noch mehr Gedichte, die ich lesen darf. Falls ja, würde ich mich sehr freuen.

Dein Freund Willam

P.S. Apropos Gedichte: Schickst Du mir bitte das Gedicht von Ekelund, das Du mir vorgelesen hast? Es endete mit den Worten »Du und meine Seele sind sich ähnlich.« Ich muss oft daran denken, kann mich aber nur an diesen letzten Satz erinnern.

P.P.S. Ich frage mich gerade: Vielleicht gibt es Inseln, die so weit ab liegen, dass wir sie niemals finden.

Ich liege lange mit der Fotografie in der Hand und denke an Samuel. Was hat er noch mal gesagt? » Alles war in diesem ersten Augenblick enthalten: die Sehnsucht, die Wildheit, die Schönheit, die Hingabe, die Einsamkeit, die Reue, die Trauer. Alles war von Anfang an da.«

Und ich betrachte den lächelnden Matrosen auf dem Foto. Es wurde elf Jahre nach Wilhelms und Samuels erster Begegnung aufgenommen. Demnach ist er zum Zeitpunkt der Aufnahme elf Jahre älter, als an dem Tag, an dem Samuel auf dem Lilla Torget seinen Blick nicht mehr von ihm lassen konnte. Er wirkt unerhört attraktiv, wenn auch auf eine etwas rohe, vielleicht sogar ungehobelte Art und Weise, seine Ausstrahlung ist erotisch, und weder die Unschärfe noch der zu kontrastreiche Abzug können das verhehlen. Ja, Samuel, nun verstehe ich endlich, warum du ihm verfallen bist. Es muss vielen so gegangen sein, die ihm begegnet sind.

Ich stand auf und warf noch einen weiteren Zweig in das metallblaue Wasser. Er wurde sofort von einem schäumenden Wirbel verschluckt.

»Wart ihr zusammen?«, fragte ich, ohne klar zu verstehen, welches Gewicht ich meinen Worten gab.

Samuel zögerte seine Antwort etwas hinaus. »Zusammen?«, wiederholte er. »Ja, das kann man so sagen. Das muss man vielleicht sogar. Aber nicht lange. Einige Tage nur. Einige vollkommen verrückte Tage. Wir trafen uns, sooft es ging. An verschiedenen Orten. Aber dann musste Willam wieder ablegen. Sein Schiff war flottgemacht, und die Reise konnte fortgesetzt werden. Nächste Station war Belgien.

In den folgenden fünf oder sechs Jahren haben wir uns noch ein paarmal getroffen. Willam kam nach Oskarshamn. Ein paarmal reiste ich los, um ihn irgendwo zu treffen. Einmal nach Stockholm. Einmal nach Helsingborg. Und einmal nach Visby, wo seine Eltern lebten. Ich wollte so gerne, dass er bei mir blieb. Dass er sich mit mir irgendwo niederlassen würde. Oder dass ich mit ihm mitfahren durfte. Aber er war nicht ... Vielleicht war er nicht so schwach wie ich. Er wollte sich nicht binden. Vermutlich brauchte er nicht jemanden, so wie ich jemanden brauchte. Er wollte nicht an einem Ort bleiben. Vielleicht hat er auch andere Liebhaber gehabt, andere Männer und Jungs, die ihn auch wollten, die ihn ebenso begehrten. Wer weiß? Vielleicht war ich nur einer von vielen. Und Willam ging zur See, seit er vierzehn war. Er hatte bestimmt schon jede Menge anderer Liebhaber gehabt und war es gewöhnt, allein klarzukommen. Nicht wie ich, der fast immer allein gewesen ist, sich aber nie damit abfinden konnte. Ich wollte mich auch gar nicht damit abfinden.«

Samuel verstummte und versank in Gedanken.

»Was ist dann passiert?«, fragte ich. »Habt ihr euch aus den Augen verloren?«

»Nein, nie ganz. Er schrieb mir aus allen Häfen, in denen er anlegte: Hamburg, Amsterdam, Gdingen. Manchmal war er noch weiter weg. New York, San Francisco, Tokio. Ich habe dir doch von Tristan da Cunha erzählt, dieser einsamen Insel. Er besuchte sie einmal, als er auf einem britischen Schiff angeheuert hatte. Vier Tage ist er auf der Insel geblieben, und Willam schaffte es, mir zwei Briefe zu schreiben. Beide frankiert mit ...«

»Der Königin und der Tristankrabbe«, flocht ich ein.

Samuel lachte und klopfte mir auf die Schulter. »Ja, das stimmt. Woran du dich erinnerst! Die Königin und die Tristankrabbe. Nicht unbedingt eine der schönsten Marken der Geschichte.«

»Aber warum wollte er nicht mit dir zusammen sein? Mochte er dich nicht?«

»Sicher mochte er mich. Das glaub ich schon. Nein, das weiß ich sogar.« Samuel streckte seine Arme aus, spreizte die Finger und schaute seine Hände an. »Er liebte meine Hände. Das hat er mir oft zu verstehen gegeben. Du solltest Klavier spielen«, sagte er immer. »Ich wäre gerne dein Klavier.« Doch, er mochte mich, aber er wollte nicht bei mir bleiben.«

»Vielleicht hat er sich nicht getraut«, schlug ich vor. »Ich meine, damals war es wohl nicht so leicht ...« Ich vervollständigte den Satz nicht.

»Vielleicht«, antwortete Samuel gedämpft und leise.

Die Balkontür in Mutters Schlafzimmer schlägt zu, es zieht. Ich gehe in ihr Zimmer und sehe, dass die Gardine eingeklemmt ist. Ich öffne die Tür, um die Gardine zu befreien. Der Wind, der in Stößen in die Wohnung bläst, ist frisch und duftet nach Meer. Ich trete auf den Balkon hinaus, lehne mich gegen das Geländer und schaue über den Bach hinweg und das, was vom alten Fisktorget übrig ist.

»Es war abends, als wir in die Stadt zurückkamen«, erzählte Samuel, »und bevor jeder seines Weges ging, unterhielten wir uns noch eine Weile am Kiosk auf der Fiskhamnsbrücke. Ich kann mich sogar noch an die Schlagzeile einer der Tageszeitungen erinnern: Die Svinesundsbrücke ist an dem Tag eingeweiht worden. Wir träumten davon, eines Tages zusammen zu verreisen, aber wir hatten nicht viel Zeit, weil Willam pünktlich auf seinem Schiff sein musste. Am Ende haben wir uns noch für den nächsten Tag verabredet.«

Samuel stand von dem Stein auf, massierte sein Knie und trat ans Ufer.

»Ich schaute ihm hinterher, wie er das Nordkai hinunterlief zur *Feodora.* Dann bin ich wohl mehrere Stunden herumgeradelt, bevor ich nach Hause gegangen bin. Ich war so erfüllt von all den fantastischen Dingen, die ich an diesem Tag erlebt hatte. Ich hatte geliebt! Und nicht nur das. Ich hatte einen anderen Mann geliebt! Wie sehr hatte ich mich danach gesehnt. Und er war schön und stark, und vor allem wollte er mich wiedersehen! Ich war so unerhört glücklich! Mir war so heiß, als hätte ich Fieber.«

Meine ganze Kindheit über habe ich immer in der Nähe des Döderhultsbachs gewohnt, er war immer da. Der Bach, der abhängig von Jahreszeit und Niederschlägen durch die Talsohle entweder schießt oder rinnt, war auf eine Art auch ein Symbol für das Leben selbst, für seine Vergänglichkeit, vielleicht sogar für die unterschiedlichen Phasen meines Lebens, für die Schritte, die ich machte.

Als kleiner Junge suchte ich nach Porzellanscherben, Münzen oder rostigen Gegenständen unter dem seltsamen Haus, das meine Fantasie ungeheuer anspornte. Das Haus überspannte den Bach unterhalb des Klockarebacken. Ich spielte immer gern in der Wassermühle zwischen Badehaus und Landsweg, als wäre es mein Zuhause, mein Versteck, mein Zufluchtsort. Eines Sommers watete ich mit einem Freund in der Nähe von Rostorp durch den Bach, und an einer vom Wald aus schwer zugänglichen Strandbank fanden wir einen sehr großen Busch Waldhimbeeren. Patrick und ich zupften Unmengen von Beeren in diesem Spätsommer – große, köstliche und süße Beeren. Später einmal versuchten wir, den Strauch durch den Wald zu erreichen, aber wir fanden nie hin, immer hielten uns Gestrüpp oder steile Klippen davon ab. Der Bach war der einzig mögliche Zugang. Und hier, unterhalb der Wohnung meiner Mutter, einige Kilometer östlich unserer Himbeerenstelle, sehe ich, wie der Bach in den Hafen mündet und sich mit der Ostsee vermischt.

Ich stehe eine ganze Weile auf dem Balkon mit den Händen auf dem Geländer. Das Metall fühlt sich kalt an, die Kälte kriecht durch meine Finger in mich hinein, und ich beginne zu frieren. Dann gehe ich zurück in die Wärme des Gästezimmers und zu Samuels sonderbarer Hinterlassenschaft.

»Mit der Zeit fiel ich in eine Depression. Ich war einsam, sehr einsam und habe darunter gelitten, ich habe es nicht geschafft, diesen dunklen Gedanken zu widerstehen, meinen Erinnerungen. Natürlich habe ich mich mit ein paar Briefmarkensammlern vom Verein getroffen, Arne, Olle. Helge war auch ab und zu mit dabei. Aber alles war irgendwie sinnlos geworden. Ich ging weiterhin zu unseren Treffen, tauschte Briefmarken und unterhielt mich über neue Ausgaben, aber ich fühlte mich wie ein schlechter Schauspieler, als trüge ich eine Maske. Alles war leer und völlig bedeutungslos. Nichts war mehr wichtig. Außer meinen Briefmarken. Ich dachte über das Wort ›Briefmarke‹ nach. Das Sammeln bekam eine neue Bedeutung. Briefmarke – freimachen. Eine Briefmarke macht einen Brief frei. Nur wenn ich mich mit Briefmarken beschäftigte, vergaß ich, wie schlecht es mir eigentlich ging. Wie einsam ich eigentlich war.«

Samuel suchte meinen Blick; ich fand, dass er furchtbar traurig aussah. »Kannst du das verstehen, Mattias? Ich konnte stundenlang dasitzen und meine Briefmarken sortieren, Kataloge oder Fachbücher lesen, Beschreibungen vergleichen, meine Alben bestücken oder die Rundbriefe von Vereinen oder Sammlern aus aller Welt studieren. Da habe ich gelebt. Da ging es mir sogar richtig gut. Und ich war froh, zu leben.

Dann fiel ich in ein Loch, das dauerte einige Jahre, in denen ich nicht mal mehr Lust hatte, mich mit meinen Briefmarken zu beschäftigen. Da musste ich Medikamente gegen die Depression nehmen. Antidepressiva.«

Samuel unterbrach sich und schaute auf den Strom hinaus. Mein Blick fiel auf seine Hand; bewusst oder unbewusst streichelte er mit den Fingerspitzen das weiche Moos auf dem Boden neben ihm. Vorsichtige Bewegungen, als wäre das Moos zerbrechlich oder extrem wertvoll.

»Meine Mutter versuchte, mir zu helfen, so gut sie konnte.

Sie wusste ja ein bisschen, warum es mir so schlecht ging, aber vermutlich verstand sie nicht wirklich, wie schlimm es war. Die Medikamente haben mich müde gemacht. Müde und apathisch. Ich fühlte mich entsetzlich abgeschlagen und dumpf. Aber dann, eines Tages stand ich auf und fühlte mich erleichtert. Verstehst du, Mattias? Ich war ... wach. Ich stand morgens auf und hatte plötzlich das Gefühl, fliegen zu können. Ich habe mit meiner Mutter gefrühstückt und mich dann sofort wieder an meine Briefmarken gesetzt. Seit Monaten waren Pakete und Briefe liegen geblieben und warteten auf mich. An dem Tag nahm ich keine Tabletten. Und am nächsten Tag bin ich mit demselben Gefühl aufgewacht, mit derselben seltsamen Leichtigkeit und etwas, das sich fast wie Fröhlichkeit anfühlte. Es war so extrem merkwürdig. Und am dritten Tag, es war ein Sonntag, dasselbe; ich fühlte mich besser als in allen Monaten zuvor, vielleicht sogar seit Jahren. Ich wachte auf, wischte Staub und die Böden in meinen beiden Zimmern, dann habe ich mich hingesetzt und lange ein Buch über südamerikanische Briefmarken gelesen, bis von unten seltsame Klänge an mein Ohr drangen. Eine Stimme, die mir ganz unbekannt war. Ich ging in die Küche hinunter, und da warst du. Meine Mutter verband gerade deinen Arm. Ich habe dein Gesicht nicht gesehen, nur deinen Rücken, deine Haare, aber ich wusste, dass ich dich mögen würde. Sofort. Dass du mein Freund werden würdest, mein Kamerad. So war das. Du kamst genau in dem Augenblick, als mich die Depression aus ihren Klauen entließ. Ihr habt einander abgelöst wie Läufer während eines Staffellaufs oder Schauspieler in einer Szene. Und darüber, mein Freund, bin ich sehr, sehr froh.«

»Hier!«, rief Samuel und suchte in seiner Innentasche nach etwas. »Das hätte ich fast vergessen. Ich möchte dir dieses Foto schenken. Du hast es noch nicht gesehen.«

»Ein Foto von ihm?«

Samuel schaute mich überrascht an.

»Ach, du meinst Willam. Nein, ich habe doch gar kein Foto von ihm. Das ist von einem anderen schönen, aber deutlich jüngerer Mann. Von einem, dem ich erst viele Jahre später begegnet bin. Schau mal!«

Der Junge auf dem Foto war vielleicht zwölf oder dreizehn Jahre alt. Er stand vor einer Eisentür zu einem alten Obstgarten und lehnte sich gelassen gegen den Zaun – offensichtlich der Kamera und des Auges bewusst, das ihn durch den Sucher betrachtete. Die eine Hand tief in die Hosentasche geschoben und die andere auf einen Zaunpfosten gelegt, lächelte er warm und herzlich. Weder versteckte er sein Lächeln hinter einer Hand, noch wendete er sich von der Kamera und dem Auge dahinter ab, er wirkte vollkommen unbeschwert.

Der Junge auf dem Foto war ich, vier oder fünf Jahre zuvor. Der Fotograf war Samuel, er hatte es auf einem unserer Ausflüge geschossen.

»Erinnerst du dich?«

Ich nickte.

»Ich bin so froh, dass es so gut geworden ist. Ich wusste, dass ich dich genau im richtigen Augenblick erwischt habe, genau so, wie ich dich sehe. Ich konnte es gar nicht erwarten, den Film zu entwickeln und Abzüge zu machen. Aber leider hatte ich ihn verlegt. Keine Ahnung, wie das passieren konnte. Er verschwand einfach, und ich konnte ihn nicht mehr finden.«

»Wo war er denn?«

Samuel schaute mich einige Augenblicke lang an, bevor er mir antwortete. »Ehrlich gesagt, weiß ich das nicht. Er war einfach nur weg, bis er vor einigen Wochen plötzlich vor meinen Augen lag, als ich eine Schreibtischschublade öffnete. Eine Schublade, die ich davor oft herausgezogen habe, ohne den Film zu sehen. Plötzlich war er da. Mitten vor meinen Augen in meiner eigenen Schublade. Jedenfalls habe ich ihn jetzt entwickeln lassen. Die Farben sind vielleicht ein wenig verfälscht, weil er so lange lag, aber ...«

Ich hatte das Foto die ganze Zeit über betrachtet, während Samuel erzählte. »Findest du wirklich, dass ich so aussehe?«

»Ja, genau so hast du ausgesehen.«

Es war nicht meine Absicht, aber ich hatte das Gefühl, schon als ich zu sprechen begann, dass ihn meine Reaktion aus irgendeinem Grund traurig machte. »Ich erkenne mich kaum wieder. Als wäre das nicht ich.«

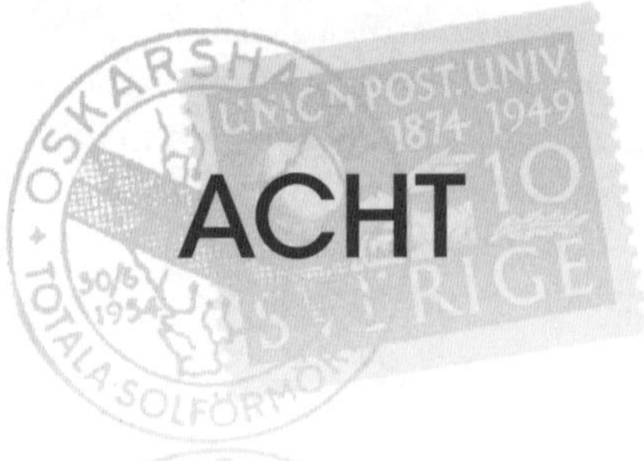

ACHT

Der Weg ist breiter geworden und die Kurven sind nicht mehr so steil. Ich bleibe stehen und schaue mich um. Das Gebüsch, das mich empfing an jenem Frühsommertag nach meinem Sturz, besteht nur noch aus ein paar Grasbüscheln und Blumen am Wegesrand. Vielleicht war es nie mehr gewesen als diese paar struppigen Grasbüschel und wilden Blumen neben dem Weg.

Gleich hinter der Kurve und der Kreuzung zur Dalgatan ist die Straße inzwischen für den Autoverkehr gesperrt. Eiserne Schranken und ein Schild markieren die Veränderung mit aller Deutlichkeit. Ich bleibe eine Weile stehen und schaue in Samuels Straße hinein. Wie oft bin ich hier den Kyrkvägen von der Kirche heruntergeradelt durch die Senke am Baum und dann wieder nach oben zur gefährlich schrägen Kreuzung, in die ich einbiegen musste? Es muss Hunderte Male gewesen sein.

Das Bild von dem großen Hund flackert in meiner Erinnerung auf. Wie hieß er noch? King? Aber ebenso schnell, wie es gekommen ist, ist es auch schon wieder verschwunden.

Dann nehme ich meinen Spaziergang wieder auf, gehe an der einsamen Eiche neben dem Weg vorüber – die sieht man schon auf dieser ältesten Postkarte von der Döderhultskirche, selbst damals war sie schon stattlich und groß gewachsen – und nähere mich der Kirche. Ich schaue auf, weil sich draußen im Feld etwas bewegt, das meine Aufmerksamkeit erregt. Ein Reh schaut aus dem hohen Gras auf und begegnet meinem Blick, aber sobald ich mich ein wenig strecke, um es besser erkennen zu können, springt es erschreckt auf und hüpft in hohen, graziösen Sprüngen in Richtung der geschützten schützenden Büsche.

Ich schaue am weißen Kirchturm nach oben; die Uhr mit dem einsamen goldfarbenen Zeiger ist auf sieben Uhr stehen geblieben.

Der Küster sieht mich schon, als ich durch das Tor auf den Friedhof treten. Er nickt freundlich, winkt und kommt auf mich zu. Aber er schaut mir nicht in die Augen. »Na, dann ist es wieder so weit«, sagt er. »Sie sagten, dass Sie von dort oben Fotos machen wollen. Sind Sie Landschaftsfotograf?«

»Nein, gar nicht. Ich bin Nostalgiker.«

Er lächelt flüchtig und etwas schüchtern und nickt. »Ich verstehe.«

Ich griff nach dem Fernglas und richtete es auf den Westturm. »Wie hoch kann man hinaufklettern? Kommt man bis zu den obersten Fenstern?«

»Zumindest fast«, antwortete Samuel. »Das letzte Stück ist leider ein bisschen gefährlich und erfordert akrobatisches Können. Es ist sehr steil und eng. Aber wir können zu den brauen Fensterläden hinaufklettern. Ich kann Rune bitten, uns die Läden zu öffnen, sodass wir alles sehen können.« Dann streckte er seine rechte Hand aus und klopfte mir auf den Rücken. »Und du, Mattias. Dort oben im Turm gibt es ein kleines Geheimnis. Eines, das nur ich kenne. Vielleicht zeige ich es dir.«

»Was ist es?«

»Das wirst du sehen. Bis dahin muss das Geheimnis noch geheim bleiben.«

Samuel blieb an der rau verputzten Wand stehen, schaute an mir vorbei auf die steile Treppe und horchte.

»Was ist?«, flüsterte ich und spürte die Anspannung.

Seine Augen glitzerten. »Erst muss ich sicher sein, dass wir hier oben wirklich alleine sind. Dann ...« antwortete er, »ist es an der Zeit, das Geheimnis zu lüften. Mein kleines Geheimnis.«

Er drehte sich um, lehnte sich gegen die Mauer und streckte sich. Dann steckte er eine Hand in ein fast rechteckiges Loch in der Wand.

»Was ist das denn? Suchst du etwas?«

»Das wirst du gleich sehen.«

»Was ist das für ein Loch? Wofür ist das?«

»Ich bin mir nicht sicher, aber ich glaube, es lagen einmal die Köpfe von Balken in diesen Ausschachtungen. Wie du siehst, gibt es einige davon. Ich glaube, sie wurden nur gebraucht, als der Turm gebaut wurde.«

Ich ziehe den Ärmel meines Pullovers zurück und stecke eine Hand in das Loch. Vorsichtig taste ich über die unebene Oberfläche, kleine Brocken von Putz und Ziegelstein lösen sich durch die Berührung. Die Staubkörner sind leichter als Luft. Dann stoßen meine Finger auf etwas Hartes, Kühles und Glattes; ich greife danach und ziehe es heraus, erstaunt darüber, wie leicht es ist.

Langsam zog er die Hand aus dem Loch. Putz und Staub folgten, fast schwerelos wirbelten sie durch die Luft. Ich blinzelte und rieb mir die gereizten Augen. Als ich wieder aufschaute, sah ich die kleine matte Metallkiste in Samuels Hand. Sie schimmerte seltsam und magisch.

»Das ist sie!«

»Ist das Silber? Gehört sie dir?«

»Sie ist aus Zinn«, antwortete Samuel. »Und ja, sie gehört mir, ich habe sie sogar selbst gebaut. Ich habe sie hier versteckt vor ... Ja, das muss jetzt bald fünfunddreißig Jahre her sein. Das erste Mal.«

»Das erste Mal? Was meinst du damit? Hast du sie mit nach Hause genommen und dann wieder hergebracht?«

»Nein. Aber ich bin einige Male hier gewesen und habe den Inhalt ausgetauscht. Oder etwas dazugelegt.«

»Etwas dazugelegt? Was denn? Da ist doch gar nicht viel Platz drin.«

»Doch, doch. Da ist mehr Platz drin, als du denkst. Träume. Gedanken und Träume und Hoffnungen. Und ...«

»Und was?«

Er brummte und schüttelte den Kopf. »Ach, nichts.«

Es ist wirklich dieselbe Kiste. Samuels Kiste der Geheimnisse. Träume, Gedanken und Hoffnungen. Eingesperrt.

Eine Weile lang sehe ich gar nichts. Samuel, mein Freund, mit all deinen Träumen. Konservierten Träumen. Gewahrten Geheimnissen.

Ich blase eine dünne Schicht Staub und Putz weg, befreie die Kiste von Schmutz, dann streiche ich mit den Fingern über das gehämmerte Metall. Der matte Glanz, der mich als kleinen Jungen sofort in Bann zog – war ich dreizehn oder vierzehn? –, als ich die Kiste zum ersten Mal sah, ist immer noch derselbe. Und verzaubert mich erneut.

Meine erste Schatztruhe war eine Zigarrenkiste aus Zedernholz, leicht wie Luft und mit einer Oberfläche, die gleichzeitig rau und glatt unter der Hand war«, erzählte Samuel. »Es war Spätherbst und ich gerade mal zehn. Ich kletterte auf den Turm hinauf und versteckte die Kiste.«

»Was war drin?«, fragte ich und sah den zehnjährigen Jungen auf der steilen Treppe deutlich vor mir.

»Ein einziger Zettel«, antwortete Samuel. »Mit zwei kurzen Sätzen. Das war alles. Das war der Anfang. Vielleicht war es auch ein ...«

»Ein, was?«

»Hm. Ach, nichts.«

Einen tiefen Atemzug später sitze ich auf einer der rauen Stufen der Dachbodentreppe. Ich sitze lange mit dem Kistchen vor mir auf dem Schoß und schaue es einfach nur an. Dann öffne ich es, ehrfürchtig und andächtig. Und im selben Augenblick, als ich feststelle, dass die Zinn eigentlich nur aus Holz besteht, das mit einer dünnen Schicht Zinn beschlagen wurde, lese ich meinen Namen auf einem kleinen hellgelben Kuvert: *An Mattias Kjellgren.*

Es fühlt sich so unwirklich an, dass mir ganz schwindlig wird, aber dieser Brief ist wirklich für mich. Von Samuel. Und er hat ihn mit einer seiner Lieblingsmarken freigemacht, eine gut fünfzig Jahre alte rotbraune Briefmarke aus Französisch Ozeanien. Das Motiv zeigt einen jungen Fischer an einem Strand, über der Schulter trägt er seinen Fang.

Meine Hände zittern, als ich das gefütterte Kuvert mit meinem Taschenmesser aufschneide und den Brief herausziehe. Ich drehe mich ein wenig, um die zierliche Handschrift im vom runden Fenster hereinfallenden Lichtschein besser lesen zu können.

Mattias, mein Freund,

ich war vor zwei Wochen hier, um die Aussicht zu genießen, und musste einsehen, als ich mich die steilen Treppen heraufgeschleppt hatte, dass ich es wohl nicht mehr oft schaffen werde. Für meine alten Knie ist die Anstrengung mittlerweile zu groß geworden. Deswegen hinterlasse ich Dir heute, am 22. September 1994, Deinem dreißigsten Geburtstag, diese Zeilen in der Hoffnung, dass Du sie eines Tages finden und damit vielleicht an mich denken wirst. Ich bin mir ziemlich sicher, dass Du früher oder später hierherkommen wirst.

Ich hatte eine große Liebe in meinem Leben, das weißt Du bereits. Und dann hatte ich Dich. Darf ich sagen, dass ich auch Dich auf eine Art geliebt habe, wenn auch auf eine ganz andere? Mehr in Form einer Freundschaft. Ich habe nie etwas von Dir verlangt, und ich glaube nicht, dass ich Dir je etwas aufgezwungen habe, weder Gedanken noch Ansichten oder Handlungen. Ich habe es immer genossen, Dich in meiner Nähe zu haben, ich habe immer gerne an Dich gedacht und Dich in meinem Herzen gehabt. Und es hat mich jedes Mal sehr gefreut, wenn Du mich besucht, mich angerufen oder mir einen Brief geschickt hast. Das wollte ich Dich wissen lassen.

Ich bin nun ein ziemlich alter Mann und glaube nicht, dass wir uns noch einmal sehen werden. Deshalb schreibe ich Dir: Denn du sollst wissen, dass ich immer noch oft an Dich denke, Mattias, und dass ich Dir im Leben alles Gute wünsche.

»Du bist wie ein Lied. Ich höre dich, wohin ich geh …«

Meine allerwärmsten Grüße
Dein Freund Samuel

Es liegen noch weitere Kuverts in diesem Kästchen, aber der größte Teil des Inhalts besteht aus losem Papier in verschiedenen Farben und Größen. Sie scheinen auch unterschiedlich alt zu sein. Das Papier am Boden wirkt am ältesten; es bricht fast, als ich es auseinanderfalte und die beiden Sätze lese, die mit kindlicher Handschrift darauf festgehalten wurden. *Ich wollte, dass es passiert. Und ich wollte es auch nicht.* Ich erkenne die Handschrift nicht richtig. War ich es selbst, der das vor vielen Jahren niedergeschrieben hat? Oder sind es Samuels Worte, hingekritzelt, als er noch klein war?

Ich halte das kleine Bündel Papier eine Weile in meiner Hand. Eine schwache, aber unverkennbare Dufterinnerung stellt sich ein, leicht seifig mit einem Hauch von etwas Herbem, das an Wolle erinnert. Samuels Duft. Dann stecke ich das Bündel in eine Tüte und lege es in meinen Rucksack.

Die Kirchentür schlägt hinter mir zu, schwer und weich zugleich, und ich gehe den gepflasterten Weg hinaus.

»Sind Sie schon fertig?«

Die Stimme des Küsters erschreckt mich.

»Ja, danke. Zumindest für dieses Mal.«

Er zieht eine Schachtel Zigaretten aus seiner Brusttasche und hält sie mir hin.

»Nein, danke!«

Er zündet sich eine an und zieht daran. »Mein Großvater hat in Uppsala studiert. Und da hat er mir mal erzählt, dass im Turm der Domkirche ein Mann gewohnt hat. Er hat da oben jahrein, jahraus gelebt. Ich glaube, sie haben ihn den Turm-Peter genannt.« Der junge blonde Mann nimmt noch einen tiefen Zug von seiner Zigarette. »Sind Sie ein Anwärter für diesen Turm hier?«

»Ja, vielleicht«, antworte ich. »Die Aussicht ist wirklich fantastisch. Aber im Winter wäre es mir wohl doch ein wenig zu kalt.«

»Mit Sicherheit. Und das Glockenläuten kann einem auf die Dauer auf die Nerven gehen.«

Wir tauschen noch ein paar Belanglosigkeiten aus, dann verlasse ich den Friedhof, und der Küster wendet sich wieder seiner Arbeit zu. Ich gehe am Gemeindesaal vorbei und nehme den steilen Weg hinunter zum Bach und zum Norravägen. Das gelbbraune Laub auf dem Boden unter meinen Füßen ist glatt von der Feuchtigkeit.

> In voller Fahrt fuhr ich hinunter Richtung Döderhultsbach zum alten Badehaus. Mein Atem, meine Pedaltritte und meine Fahrt teilten die Sonntagsstille und die Frühsommerluft, der Fahrtwind ließ meine Augen tränen.

Kurz vor der Anhöhe bei Norrbyberg biege ich von der Landstraße ab und gehe das kurze Stück hinunter, das vom ursprünglichen Weg noch übrig ist. Der fast zugewachsene Weg führt in einem Bogen, weich und schön wie eine Mondsichel, seitlich am Tal entlang. Unterhalb davon breiten sich die Äcker aus, einige hundert Meter östlich galoppieren Pferde über die Koppel. Hinter ihnen kann man den großen alten Landsitz erahnen. Und durch das ganze Panorama – von der kleinen Wassermühle unterhalb der Kirche im Westen bis zu den letzten Gebäuden des Stadtkerns im Osten – schlängelt sich der Döderhultsbach.

Die Erinnerung an diesen Schulkameraden auf dem Zaun an der Bushaltestelle ist plötzlich klar und deutlich, und nun fällt mir auch der Name wieder ein. Tomas. Und die Stimme, als er einen Freund rief, gefolgt von einem Lachen, das ein wenig heiser klang. Ich ging einige vorsichtige Schritte auf ihn zu. Tomas merkte es und wandte sich ab. Das Lächeln immer noch auf seinen Lippen. Der abgeschlagene Vorderzahn, der auf den ersten Blick Schwäche und auf den zweiten Stärke vermittelte. Unsere Blicke trafen sich – seine graubraunen Augen fixierten mich, bezwangen mich –, und sein Lächeln verschwand. Dieser Augenblick kam mir wie eine Ewigkeit vor. Aber ich konnte seine Miene nicht deuten und schaute deshalb weg. Einen Augenblick später schwenkte der Bus, auf den er gewartet hatte, in die Haltestelle ein.

Warum habe ich weggeschaut? Wovor hatte ich Angst? Gab es da etwas in der Begegnung mit Tomas, in meiner Sehnsucht nach einem Mehr mit ihm, dem Wunsch und der Verlockung, ihn näher kennenzulernen, das mich beunruhigte und ängstlich machte?

Ich muss an meine Mutter denken und ihre Angst um mich als Kind. Die war eigentlich nicht übertrieben, auch wenn sie ein paarmal sehr heftig reagierte. Hin und wieder fühlte sie aus irgendeinem Grund eine Bedrohung.

»Helena hat mich morgen Abend eingeladen«, sagte meine Mutter und goss Kaffee in ihre Tasse. »Du darfst gerne mitkommen, wenn du möchtest.«

»Nein, danke. Ich habe keine Lust. Ich werde bei Samuel übernachten«, antwortete ich, während ich vom Frühstückstisch aufstand.

»Schon wieder? Das hast du doch erst neulich.«

»Ja, es war so schön, dass ich wieder bei ihm bleiben möchte. Wir wollen uns einen Film im Fernsehen anschauen, *Der letzte Schleier*. Samuel sagt, dass er gut ist. Und er dauert lange, deswegen würde ich gerne dort bleiben.«

»Und seine Mutter? Was sagt sie dazu? Sie will dich vielleicht nicht ständig um sich haben.«

»Carolina hat gesagt, dass ich dort schlafen darf, sooft ich will. Sie mag mich.«

Meine Mutter wurde mit einem Mal ganz blass und knallte ihre hellblaue Kaffeetasse so hart auf den Unterteller, dass er zerbrach.

»Carolina? Carolina und Samuel?«

Ich schaute sie überrascht an. »Was ist?«

»Heißt Samuels Mutter etwa Carolina?«

»Ja. Warum?«

»Wie alt ist er eigentlich?«

»Samuel?«

»Ja, wer denn sonst?« Meine Mutter schrie fast.

»Ich bin mir nicht sicher. Er ...«

»Lüg mich nicht an! Wie alt ist er?«

»Ich weiß es nicht. Ungefähr so alt wie du.«

Sie sah aus, als würde sie jeden Moment in die Luft gehen. »Hast du denn noch alle Tassen im Schrank? Warum hast du mir das nicht eher erzählt?«

»Was?«

Meine Mutter starrte zum Fenster hinaus. Ich konnte sehen, wie das Blut in ihren Schläfen pochte. Dann wandte sie sich wieder mir zu. »Warum hast du mir nicht erzählt, dass er so alt ist? Dass er schon erwachsen ist? Bist du nicht ganz gescheit? Du kannst doch nicht bei einem ... bei einem erwachsenen Mann über Nacht bleiben. Ich habe die ganze Zeit über gedacht, Samuel wäre ein Junge. Wie du. Ich habe geglaubt ... Herrgott! Du bist doch verrückt. Was ist denn nur in dich gefahren?«

»Aber«, versuchte ich, »du hast mich nie nach seinem Alter gefragt. Und ich dachte nicht ...«

»Schluss jetzt!«, schrie sie. »Keine Widerrede! Du hast mich belogen! Wie konnte ich nur so dumm sein? Wie konnte ich nur so verdammt dumm sein?«

Ich schaue auf den Hügel hinüber, der sich von der Kirche und dem hinteren Teil des Friedhofs einige hundert Meter in die Stadt hinein erstreckt. Er ist von wunderschönen Bäumen, von Eichen, Linden und Ahorn gekrönt. Als Kind radelte ich oft dorthin in der Hoffnung, Hirschkäfer unter den alten Bäumen zu finden. Ich kann mich nicht erinnern, ob ich je Erfolg gehabt habe, aber an das Ritual kann ich mich gut erinnern – die Radeltouren bis zur Friedhofsmauer, die Spaziergänge durchs hohe Gras, in dem Grillen sangen, und das Spielen auf dem Berg mit seinen vielen steilen Felsen waren ein großes Abenteuer.

Auf der anderen Seite des Abenteuerberges liegt das Haus, in dem Samuel und seine Mutter wohnten.

Die Uhr an der Wand näherte sich Viertel nach elf. Samuels Mutter hatte sich bereits hingelegt. Im Fernsehen lief gerade der Abspann eines kanadischen Films über einen Jungen, der seinen Vater verloren hatte. Der Junge im Film war ungefähr so alt wie Samuel, als sein Vater verschwand.

»Bist du deinem Vater eigentlich sehr ähnlich, Samuel?«

Er wirkte aufgebracht, fast verärgert über meine Frage. »Ich? Nein, ich bin ihm wirklich gar nicht ähnlich. Warum fragst du?«

»Ich habe nur darüber nachgedacht. Weißt du denn noch, wie er ausgesehen hat? Es ist ja schon so lang her, dass er verschwunden ist.«

»Wir haben nicht die geringste Ähnlichkeit miteinander, weder im Aussehen noch im Verhalten.«

Samuel stand von seinem Sessel auf, ging zum Fernseher hinüber und schaltete ihn aus. »Es ist bald vierzig Jahre her, dass ich ihn zum letzten Mal gesehen habe, fast exakt vierzig. In siebzehn Tagen. Es war am Freitag, den 4. August 1939, und ich kann mich noch verdammt gut daran erinnern. Viel zu gut.«

Auf der Bryggaregatan lege ich noch eine Pause ein, lehne mich an das Brückengeländer und schaue in den Döderhultsbach hinunter. Tief unten zwischen den mit Steinen gesetzten Flanken fließt das Wasser langsam in Richtung Meer. Ein gelbes Lindenblatt, das neben mir auf dem Boden lag, wurde vom Wind erfasst und segelt nun über den Bach. Für einen Augenblick sieht es so aus, als würde es auf dem Wasser landen, aber dann kommt es auf einem Stein zur Ruhe, der aus dem Bach herausragt. Die Strahlen der Herbstsonne lassen es glitzern wie ein Schmuckstück.

Samuel saß schon an einem der Fenstertische im Café Norrstrand. Er lächelte, als er mich kommen sah, aber ich merkte sofort, dass er niedergeschlagen war. Ich kaufte mir etwas zu trinken und setzte mich zu ihm.

»So so, Mattias, du wirst also nach Stockholm ziehen«, begann er. »Ich kann verstehen, dass das sehr aufregend ist. Es wird ein ganz anderes Leben, natürlich, eine Großstadt hat ja so viel mehr zu bieten. Ich fand es auch sehr spannend, nach Stockholm zu fahren, als ich noch jung war. Leider war ich nur einmal dort. Willam war schon vor mir angekommen und hat am Hauptbahnhof auf mich gewartet.«

Samuel legte eine kurze Pause ein, schaute hinaus aufs Meer und trommelte mit den Fingerspitzen auf die Seite seiner Kaffeetasse. »In letzter Zeit haben wir uns nicht mehr so oft gesehen, du und ich, aber zumindest wusste ich immer, dass du da bist. Es wird leer sein ohne dich, dass muss ich schon sagen. Das soll dich natürlich nicht davon abhalten wegzugehen, so meine ich das nicht. Ich wollte dir nur sagen, dass ich dich vermissen werde. Das ist einfach so. Und es ist die Wahrheit.«

Dann verstummte er erneut. Und seufzte. »Es ist kein Vergnügen, alt zu werden.«

»Aber du bist doch noch gar nicht so alt.«

»Vielleicht nicht. Aber ich fühle mich müde und verbraucht.«

Meine Mutter steht auf dem Balkon und schaut auf den Fisktorget herunter. Sie wirkt traurig. Ich bleibe stehen und schaue zu ihr hinauf; der launische Wind schmeichelt mal, bald zerrt er an ihrem Haar, an ihrem inzwischen ergrauenden Haar. Dann dreht sie sich um – vielleicht, weil sie meinen Blick gespürt hat – und sieht mich. Einen erschreckenden Augenblick lang ist ihr Blick vollständig leer, ihr Gesichtsausdruck gleichgültig, als würde sie einen Fremden sehen. Dann lächelt sie, hebt einen Arm und winkt mir zu. »Ich habe gerade Kaffee aufgesetzt«, ruft sie halblaut. »Du kommst genau richtig.«

Ich gieße mir Kaffee ein und stelle den Kocher auf das Spülbecken. »Kannst du dich erinnern, wie der Unterteller zu Bruch ging?«, frage ich und setze mich ihr gegenüber an den Küchentisch. »Der Unterteller zu dieser Tasse. Damals, als dir klar geworden ist, dass Samuel kein Junge in meinem Alter, sondern ein erwachsener Mann war.«

Meine Mutter nickt langsam und brummt. »Ja, ich kann mich daran sehr wohl erinnern. Es hat mich so aufgebracht.«

Ich weiß nicht, worauf sie hinauswill, aber ich frage nicht nach, um sie nicht zu verärgern.

»Wusstest du ... Wussten Menschen in deinem Alter, in Samuels Alter, dass er homosexuell war? Ich meine, als ihr noch jung wart?«

»Ich weiß nicht. Vermutlich schon, selbst wenn ich nicht ... wenn ich nicht genau wusste, was das eigentlich ist. Vielleicht weil wir damals keine Worte dafür hatten. Außerdem kannte ich ihn ja kaum, wie du weißt. Aber klar doch, in einer kleinen Stadt kennt man einander doch mehr oder weniger. Oder jeder glaubt zumindest, alle zu kennen, auch wenn das meiste nur Gerüchte sind ...«

»Was meinst du damit? Gab es Gerüchte über Samuel?«

Sie begegnet meinem Blick, ein hastiges Lächeln, bevor sie wieder ernst wird. »Nein, das glaube ich nicht. Zumindest kann ich mich an keine erinnern.«

Sie hebt ihre Tasse, verharrt mitten in der Bewegung, wir haben immer noch Augenkontakt. »Hast du denn jetzt einen Freund?«, fragt sie. Ihre Stimme klingt ein wenig angespannt. »Jemand, den du magst? Samuel wirkte so einsam. Ich will nicht, dass ...«

Ihr Blick weicht meinem aus, ihre Hand zittert kaum merklich, als sie die unterbrochene Bewegung wieder aufnimmt und die Tasse an ihre Lippen führt.

»Nein. Oder, doch, schon. Aber niemand Festes. Es gibt einige Freunde, mit denen ich gerne zusammen bin.« Die plötzliche Intimität ist mir unangenehm, ich weiß nicht genau, was ich sagen soll. Ich betrachte ihr Profil; im Gegenlicht vor dem Fenster wirkt sie deutlich jünger.

»Und du?«, frage ich. »Hast du jemanden?«

»Ich? Nein, das ist lange her. Ich ...« Sie beendet den Satz nicht, wendet sich wieder dem Fenster zu. Einige lange Sekunden vergehen. Die Finger ihrer rechten Hand streicheln über eine Falte im Tischtuch. »Nein, das ist lange her.«

NEUN

Ich öffne die kleine Tasche meines Rucksacks und nehme die Tüte mit dem Papierbündel von Samuels Zinnschachtel heraus. Ganz oben liegt ein doppelt zusammengefaltetes, liniertes Blatt Papier von einem Collegeblock, auf dem ich vor vielen Jahren eine Liste angelegt habe:

Wenn ich mit der Schule fertig bin, will ich:
nach Tristan da Cunha fahren
nach Göteborg oder Stockholm ziehen
jemanden finden, den ich liebe
meinen Führerschein machen
mir einen Hund anschaffen, am liebsten einen Irischen Wolfshund
viele Sprachen lernen
in ein Land reisen während der Regenzeit
in ein Land reisen, in dem es viele Gewitter gibt

Jemanden finden, den ich liebe. Wie alt war ich, als ich diese Liste angelegt habe? Dreizehn oder vierzehn vielleicht. Die Sehnsucht, der ich damals Ausdruck verliehen habe, lebt noch heute, fünfundzwanzig Jahre später, wenn auch in etwas veränderter Form, mit Wehmut und etwas Resignation. *Jemanden finden, den ich liebe.* Jemanden finden, den ich mag.

Es liegen zwei versiegelte Briefe zwischen den Papieren, beide mit der Aufschrift: *An jemanden in der Zukunft.* Der eine trägt Samuels Handschrift, der andere meine, wie sie in meiner Teenagerzeit aussah. Ich öffne meinen Brief, frankiert – auf Samuels Initiative hin – mit einer ungarischen Briefmarke aus der Mitte der Fünfzigerjahre, auf der ein Hirschkäfer abgebildet ist. Der Brief ist auf den 28. November 1979 datiert.

Ich heiße Mattias Kjellgren und bin vor zwei Monaten fünfzehn geworden. Ich gehe in die achte Klasse der Rödsleschule, die außerhalb von Oskarshamn liegt. Ich wohne mit meiner Mutter in einem Haus am Klockarebacken. Davor wohnten wir in einem Mietshaus. Mein Vater wohnt in Härnösand, ich habe fast keinen Kontakt mehr zu ihm. Er hat eine neue Familie. Ich habe keine Geschwister. Ich habe zwei Freunde, Ronny und Samuel. Ronny ist ein Jahr jünger als ich. Samuel ist schon erwachsen. Es war seine Idee, einen Brief an jemanden in der Zukunft zu schreiben. Über die Wünsche und Träume. Er hat das gemacht, seit er klein ist.

Ich will so schnell wie möglich erwachsen werden. Nicht alt, aber erwachsen genug, sodass ich in eine eigene Wohnung ziehen kann oder in eine andere Stadt ziehen darf, wenn ich das möchte. Ich will in fremde Länder reisen. Ich will Freunde finden, die mich mögen und mit mir zusammen sein wollen. Am liebsten würde ich jemanden finden, den ich liebe, der sich sehr, sehr in mich verliebt. Ich habe einen Schulfreund, den ich mag. Niemand weiß davon. Nicht mal Ronny oder Samuel. Er heißt Tomas. Er wohnt in Kristdala. Manchmal begegnen wir uns im Schulhof oder an den Schränken. Ich glaube, er ist auch an mir interessiert. Ich traue mich kaum, ihn anzuschauen, aber ich muss ihn trotzdem immer wieder anschauen.

Wenn ich von hier wegziehe, will ich wo leben, wo es schön ist. Wo es nette Menschen gibt. Ich mag, wenn es donnert, und ich mag, wenn es regnet. Ich gehe gerne am Strand entlang und schaue, was die Wellen alles an Land gespült haben. Ich mag schöne Aussichten. Einmal will ich nach Tristan da Cunha fahren.

Es klopft an meine Tür.

»Willst du Kaffee, Mattias?«

»Ja, gerne. Ich komme gleich.«

»Was hast du heute vor?«, fragt meine Mutter und schneidet verwelkte Blüten von den Begonien auf dem Fensterbrett ab.

»Ich würde gerne ein wenig herumfahren. Es gibt ein paar Orte, die ich mir gerne anschauen würde. Oder besser gesagt, die ich wiedersehen möchte. Aber sie sind zu weit weg, um dorthin zu gehen.«

Meine Mutter öffnet den Deckel zur Mülltonne unter der Spüle und wirft die Blüten hinein. »Du kannst das Auto haben, wenn du willst«, sagt sie, dann gießt sie sich Kaffee ein.

»Brauchst du es nicht selber? Du hast doch bestimmt was vor?«

»Ja, ich muss nach Kalmar, um eine Ausstellung aufzubauen. Am dritten ist Vernissage, und es gibt noch jede Menge zu tun. Ich werde den ganzen Tag weg sein. Aber mich wird ein Kollege mitnehmen, deswegen kannst du den Wagen gern haben.«

Die Abfahrt von der Landstraße ist hinter Bäumen und Büschen versteckt, aber ich finde sie dennoch auf Anhieb. Ich biege in den Waldweg ein, der eckig und eng durch das hügelige Terrain führt, und folge ihm einige hundert Meter, dann bin ich angekommen. Ich parke am Wegesrand, klettere aus dem Wagen und laufe zur alten Brücke hinüber.

An der Nordseite der Brücke liegt eine kleine Stromschnelle; das Wasser rauscht durch eine enge Passage im Berg – eine Öffnung, die zumindest teilweise so wirkt, als wäre sie von Menschenhand hineingesprengt worden – über dunkle Steine und Felsen, einige mit scharfen Kanten, andere weich geschliffen und glatt nach all den Jahren der Reibung. Um den Wasserfall herum stehen viele Bäume, hauptsächlich Nadelbäume, Kiefern und Wacholder.

Südlich der Brücke – als wäre sie eine Grenze zwischen zwei Welten – verstummt das Rauschen des Wassers plötzlich; langsam und gemächlich fließt es zwischen Sandbänken und kleinen Steinblöcken hindurch. Direkt unter der Brücke liegt ein alter Fischkasten; das Holz ist hellgrau, fast weiß vom Alter, die Nägel leuchten wie rostbrauner Schmuck in der Sonne. Die Bäume an den Stränden sind Laubbäume, vor allem Erlen, ihre Blätter üppig grün.

Ich gehe auf der Westseite des Wasserfalls in den Wald hinein. Etwa dreißig Meter weiter bleibe ich an einem niedrigen mit Moos bedeckten Stein in der Nähe des Sees stehen. Meine Mutter hat eine Karte, auf der er als Brukssee eingezeichnet ist, aber ich meine, dass Samuel ihn anders genannt hat. Es fällt mir gerade nicht ein.

Das fast schwarze Wasser ist so gut wie still. Der Wind ist zu schwach, um auch nur den kleinsten Zweig von einem der Bäume zu bewegen.

»Mein Vater und ich waren ein paarmal hier angeln, als ich noch klein war«, erzählte Samuel. »Das sind eigentlich meine schönsten Erinnerungen an ihn, unsere gemeinsamen Angelausflüge. Vielleicht die einzigen schönen Erinnerungen, die ich an ihn habe. Wir sind entweder hierhergefahren oder nach Svartgöl. Einmal sind wir auch an die Hälleseen. Du weißt, dort, wo es die großen Eisvögel gibt. Sie liegen zu weit weg, um mit dem Fahrrad hinzufahren. Zumindest für Kinder.«

»Hat dein Papa gerne geangelt?«

»Ja, ich glaube schon. Aber vor allem war er froh, ein paar Stunden von zu Hause fortzukommen.«

»Hast du auch mit Willam geangelt, als ihr hier wart?«

Auf Samuels Gesicht breitete sich ein Lächeln aus, und einen Augenblick lang wandte er sich ab. Als er sich gesammelt hatte, begegnete er wieder meinem Blick. »Nein, mein kleiner Freund. Wir haben nicht geangelt. Wir hatten anderes zu tun.«

Wieder versank er in Gedanken. »Die Seerosen unsere stillen Zeugen ...«

»Was hast du gesagt?«

»Hm? Ach, nichts. Nur eine Zeile aus einem Gedicht.«

Ich spähte auf den dunklen See hinaus. »Gibt es hier denn Seerosen?«

»Jetzt nicht mehr; sie sind schon verblüht. Aber am Sommeranfang ...« Samuel deutete in Richtung der kleinen Bucht am östlichen Teil des Sees. »Dort hinten gibt es jede Menge weißer Seerosen. Vielleicht gibt es auch gelbe, aber ich bin mir nicht sicher. Ich erinnere mich nur daran, dass wir an schönen weißen Blüten vorbeigeschwommen sind, ich und Willam.«

»Uh, mir ist das unheimlich, durch Seegewächse zu schwimmen! Findest du das nicht eklig?«

»Doch, das kann schon eklig sein. Aber damals fand ich das gar nicht eklig. Im Gegenteil. Ich fand das sehr ... sehr sinnlich, fast wie ...«

»Fast wie was?«

»Hm, das kann ich schwer erklären. Auf jeden Fall hat es sich nicht irgendwie unangenehm angefühlt.«

Auf einem Felsen etwa zehn Meter von mir entfernt steht ein Graureiher absolut bewegungslos. Der lange spitze Schnabel glänzt golden im Sonnenlicht. Für einen Moment glaube ich, dass er mich mit seinem gelben Auge anstarrt, aber dann – blitzschnell – hackt er in das seichte Wasser. Kurz darauf hält er einen zappelnden Fisch in seinem Schnabel.

Als er abhebt und auf die andere Seite des Flusses hinüberfliegt, folge ich ihm mit meinem Blick, dann drehe ich mich um und betrachte die flachen Felsen auf der anderen Seite des Wasserfalls.

Samuel drehte sich um und deutete auf die Felsen hinter uns.

»Da hinten habe ich meine ... meine Unschuld verloren, meine Kindheit. Eigentlich ist es falsch, das Wort ›verlieren‹ zu benutzen, wenn ich von diesem Erlebnis erzähle. An dem Tag habe ich meine Kindlichkeit hinter mir gelassen, vielleicht ist das ein besserer Ausdruck, und ich habe eine fantastische Einsicht gewonnen. Das war ohne Zweifel einer der wichtigsten Tage meines Lebens. Ich radelte mit Willam am ersten Tag hierher; ich hab ihn auf dem Gepäckträger mitgenommen. Ich erinnere mich immer noch an seine Hände an meinen Hüften, ich kann sie immer noch fühlen ... Ein fester Griff. Ich war so aufgeregt, so glücklich und voller Erwartung. Feste warme Hände. Starke Hände. Sonnengebräunt und fein. Seine Haut war fast olivenfarbig, und mit der Sonne wurde sie noch schöner, fast metallisch.

Alles war so selbstverständlich. So einfach. Und gleichzeitig so unglaublich beeindruckend. Ich habe ihm blind vertraut. Wir kamen an und sind in dieser Spalte nach oben geklettert ... Um uns herum flogen Libellen. Grüne oder blaugrüne Wasserjungfern, die im Sonnenlicht glitzerten. Es war so unglaublich schön ...«

Meine Hand im Wasser. Ich bewege meine Finger. Die Bewegung setzt sich fort, Ringe dehnen sich aus, um langsam aber sicher in der Dunkelheit und Stille zu verklingen.

Hier bist du geschwommen, Samuel. Hier hast du mit deinem Geliebten gebadet.

Das Wasser ist erstaunlich warm.

ZEHN

Als ich aus der Bibliothek komme, regnet es leicht und kühl wie im Frühsommer. Im Südosten hinter dem immer noch grünen Stadtpark hat der Himmel eine dunkle, fast stahlblaue Farbe angenommen wie trauergraues Zinn.

Ich gehe quer über den Stora Torget an der Besvärsgatan und dem Lilla Torget vorbei. Als ich an der Kråkerumsbacken ankomme, wird der Regen plötzlich heftiger; kraftvoll und schwer klatscht er auf den Asphalt. Die Bürgersteige sind mit einem Schlag menschenleer, nur ich bin noch unterwegs. Meine dünne Baumwolljacke beginnt, die Feuchtigkeit durchzulassen. Ich springe über die Straße, und einen Augenblick später stehe ich im Trödelladen der Heilsarmee an der Ecke.

Die Dame an der Kasse nickt mir freundlich zu und sagt etwas Mitfühlendes wegen des Wetters.

»Es ist schön, wenn man dafür angezogen ist«, erwidere ich, aber ich glaube, dass sie mir gar nicht zuhört.

Ich gehe an kleinen Möbeln vorbei, Blumentischen und Säulen, und bleibe an einer Reihe Bücherregale stehen, wo ich meinen Blick über die vielen Buchrücken streifen lasse. Daneben, auf einem Teakbord im typischen Sechzigerjahre-Design steht eine schlichte Holzkiste mit Bildern und leeren Rahmen. Das erste Gemälde ist sehr schön, grün wie mit Grünspann verziertes Kupfer und Gold. Es erinnert mich an ein Bild, das ich zu Hause habe. Ich blättere durch den Rest und plötzlich macht mein Herz einen Sprung.

»Samuel!«

Die Verkäuferin sagt etwas, aber ich höre nicht, was.

Auf dem Foto ist wirklich Samuel. Das Porträt hing immer in seinem Schlafzimmer. Der junge, vielleicht nur etwa zwanzigjährige Samuel. Sein Haar ist dunkel, der Scheitel messerscharf gezogen wie auf einem Werbefoto für Haarwasser. Die Augen, die eigentlich dunkel waren – vielleicht aufgrund seiner Depression –, scheinen hell, ja, sie leuchten fast. Und sein Lächeln ist entspannt und leicht. Wie schön du warst.

Das Glas ist gesprungen, und das Foto hängt ein wenig schief in seinem dünnen bronzefarbenen Metallrahmen; die Unterschrift des Fotografen wird zum großen Teil durch das Passepartout verdeckt: ...ansson, mehr kann ich nicht entziffern, und die Jahreszahl: 1950. Das Jahr, in dem Samuel einundzwanzig wurde. Das Jahr, in dem er volljährig wurde.

»Haben Sie etwas gefunden?«

Ich schaue auf und begegne ihrem Blick. Ich nicke und kann nicht aufhören zu lächeln.

Das Licht, das durch die großen Schaufenster hinter der Verkäuferin in den Laden dringt, ist vom Regen getrübt, es genügt kaum mehr, um den Laden zu erhellen. Die Dame dreht sich um und schaut auf die Straße hinaus.

Ich blättere weiter durch die Bilder in der Kiste.

Dann sagt die Verkäuferin noch: »Ich glaube, es wird gleich ein Gewitter geben. Das kann ich riechen«, als mir gleichzeitig noch etwas ins Auge fällt.

Es ist ein Teil eines Gedichts von Vilhelm Ekelund. Mit blauer Tusche auf hellgrauem Papier von weicher Struktur niedergeschrieben, gerahmt in einen schwarzen ornamentierten Rahmen mit einem Hauch von Golddekor.

Leise fällt Regen. Der Himmel hängt tief über
schütteren Kronen. Ein Pfiff; der Zug fährt
wieder an. In den sich langsam verdunkelnden Abend
reise ich ohne Freund.

Um das Gedicht herum verläuft eine breite Borte von Kastanienblättern, filigran wiedergegeben mit Schatten und Adern, und jede Ecke des Gemäldes wird von einer weißen Kastanienblüte verziert. Auf einem hellen Blatt stehen zwei Initialen: HL. Helge Lindqvist.

Draußen flammt ein Blitz auf, eisigblau und beängstigend. Im Bruchteil eines Augenblicks gießt er ein merkwürdiges Licht über der Straße aus, über die Fassaden der Häuser gegenüber und durch das riesige Schaufenster.

»Was habe ich gesagt? Jetzt ist es direkt über uns.«

Das gerahmte Gedicht hing an der Schlafzimmerwand über dem Bett zusammen mit der Fotografie und einigen anderen Bildern. Dort hing auch ein ziemlich großes Porträt von Samuel, ungefähr zur selben Zeit gemalt wie die Fotografie geschossen wurde, auch dies von seinem Künstlerfreund Helge.

»Macht dich dieses Gedicht nicht traurig, Samuel? Reise ich ohne Freund ... Das klingt so ... so einsam.«

Er richtete den Blick auf das kleine Bild. Ich lag auf dem Rücken und sah, wie seine dunklen Pupillen den schwarzen Zeichen langsam folgten, als ob er sie zum ersten Mal lesen würde.

»Nein, gar nicht«, antwortete er nach einer Weile. »Ekelund ist mir immer ein Trost.«

Der Donnerknall, der folgt, lässt die Fenster klirren. Die Verkäuferin schreit erschrocken auf. Sobald sich unsere Blicke treffen, lächelt sie mich entschuldigend an.

Wir standen auf dem überdachten Balkon und schauten über das Tal hinweg. Über den Baumkronen hinter Norrby zeigten sich unglaubliche Gewitterwolken. Graulila und unglücksschwanger türmten sie sich über dem saftig dunklen Grün des Waldes auf. Eine grelle Lichtsäule schoss vom Himmel herunter, einige Sekunden später knallte der erste Donner. Geräuschvoll rollte er durch das Tal wie eine gigantische, aber unsichtbare Dampfwalze. Die Luft war erfüllt vom starken Geruch von Schwefel.

»Ich liebe es, wenn es donnert«, sagte Samuel und lehnte sich ans Geländer. »Fantastisches Leben.«

»Ich nehme diese beiden hier«, sage ich und reiche die beiden Bilder aus Samuels Vergangenheit über den Tresen.

Die Verkäuferin nimmt sie mir ab, dreht sie um und stellt fest, dass die Preise fehlen. »Hm, jetzt weiß ich gar nicht, was ich dafür nehmen soll. Meine Chefin ist heute nicht da, und ich bin nur zur Aushilfe hier. Wären Sie mit dreißig einverstanden?«

»Aber ja«, antworte ich. »Mir sind sie bedeutend mehr wert.«

Die Verkäuferin lacht. »Das sollten Sie nicht sagen, sonst erhöhe ich gleich den Preis.«

»Das dürfen Sie gerne. Mir würde das nichts ausmachen.«

»Nein, das war nur ein Scherz. Sagen wir also dreißig.«

Sie betrachtet das Foto von Samuel, während ich meine Geldbörse herausnehme.

»Kennen Sie ihn?«, frage ich. »Wissen Sie, wer das ist?«

Sie schüttelt langsam den Kopf, schaut mich an und dann wieder das Porträt. »Ist das ein Verwandter von Ihnen? Muss ja wohl, Sie sehen ihm so ähnlich, besonders am Hals und um die Nase herum.«

»Nein, wir sind nicht verwandt«, erkläre ich.

»Nicht? Aber Sie sind einander so ähnlich!«

Sie schämt sich ein wenig, als hätte sie etwas Unpassendes gesagt, und beugt sich schnell hinunter, um etwas zu suchen. »Brauchen Sie eine Tüte? Hier müssten irgendwo welche sein ...«

Dann reicht sie mir die Tüte und wirft dabei einen Blick auf die Straße hinaus. »Sieht so aus, als hätte es nachgelassen. Gott sei Dank!

Ich finde das fürchterlich, wenn es gewittert. Sie nicht?«

»Nein, ich mag, wenn es donnert. Ich mag es noch mehr, wenn es richtig kracht.« Fantastisches Leben.

Als ich aus dem Laden heraustrete, ist der Asphalt dunkel und nass. Am Bürgersteig läuft ein Rinnsal Regenwasser entlang. Die Luft ist schwer mit Düften, eine eigentümliche und fast metallisch riechende Mischung aus Regen, Schmutz und Abgasen, die sich sehr erfrischend anfühlt.

> Ich ließ meinen Blick über den Garten schweifen; die üppig grünen Blätter der Bäume waren immer noch nass vom letzten Schauer. Die Luft und die Feuchtigkeit ließen mich an Regenwälder denken, die ich auf Fotos oder in Filmen gesehen habe. Und nun kam der Regen zurück, wenn auch nur leicht. Er fiel in großen, schweren Tropfen. Langsam, so wirkte es, sodass ich es fast schaffte, die Spiegelung auf ihrer silbrigen Oberfläche zu erheischen.
>
> Samuel ließ sich in seinen Sessel sinken.
>
> »In einem Monat fange ich mit dem Führerschein an«, erzählte ich ihm. »Mein Onkel Martin hat mir versprochen, mir Fahrstunden zu geben. Und dann dachte ich, dass ich privat ein wenig fahre, damit es nicht so teuer wird.«
>
> Ein weiterer Donnerknall rollte über die Weiden und Bäume, und einen Augenblick später, ganz so als wäre der erste Donner nur ein Startsignal gewesen, fiel der Regen wie aus Eimern, schwer und mächtig schwebte er über dem Tal, ein Vorhang aus grauer Nässe.
>
> Samuel stand wieder auf, trat ans Geländer heran und streckte seine Arme hinaus in den Regen. »Ich liebe es, wenn es regnet. Wenn es blitzt und donnert. Die Düfte, die Geräusche, das weiche, fast ölartige Wasser auf der Haut ... Das ist einfach wunderbar. Wie Balsam für Seele und Körper.«

Ich stellte mich neben ihn, warf einen Blick auf seine Füße.

Er bemerkte es und lachte. »Was guckst du?«

»Es kam mir so vor, als hättest du keine Schuhe an«, antwortete ich. »Aber du hast ja welche an. Das bedeutet also, dass ich jetzt größer bin als du. Jetzt bin ich der Größere.«

»Glaubst du das?«

Samuel richtete sich auf, aber es half nichts. »Nun hast du mich also überholt, mein kleiner Freund. Und ich bleibe hier zurück.«

Er wirkte mit einem Mal traurig, obwohl er weiterhin lächelte. Aber die Veränderung in seinen Augen war offensichtlich.

»Sobald ich den Führerschein habe, machen wir einen Ausflug zusammen, du und ich. Ins Snäcketal, zum Viksee und zu den Stromschnellen, die du mir letztes Jahr gezeigt hast. Hast du Lust?«

»Darauf muss ich wohl kaum antworten, die Antwort kennst du schon!«

Der Donnerknall, der ihn unterbrach, war so heftig, dass wir beide ganz automatisch vom Geländer zurücktraten.

»Was wir für fantastische Sachen erleben, was?«

»Finde ich auch«, antwortete ich, »mein kleiner Freund.«

Als ich die Kråkerumsbacken herunterkomme, bleibe ich vor dem Pub an der Ecke stehen. Die Hamngatan öffnet sich vor mir, ein Wegweiser zum Meer und zum Licht. Weit über mir schieben sich ein paar dunkle Wolken auseinander und machen einem Sonnenstrahl Platz. Ich bleibe einen Augenblick stehen, dann überquere ich die Straße und gehe in den überbauten Durchgang zu Mutters Haustür hinein. Der kräftige Regen hat auch hier seine Spuren hinterlassen, die Steine sind dunkel von der Nässe.

»Halt an!«, rief Samuel. »Ich glaube, ich habe einen gesehen!«

Er sprang ungewöhnlich behände aus dem Wagen, als wäre er ein junger Mann oder gar ein kleiner Junge.

Ich öffnete die Fahrertür und lief ihm hinterher. »Was hast du denn gesehen, Samuel?«

Er strahlte zufrieden. »Das ist unglaublich! Es ist das erste Mal seit ... Wie lang kann das her sein? Ich muss sechzehn oder siebzehn gewesen sein ... Vielleicht war es sechsundvierzig ... ich glaube ...«

»Was denn? Wovon sprichst du?«

Er nickte und begegnete meinem Blick. »Hast du sie nicht gesehen? Das war eine Weißbandige Berghexe, Brintesia ... Nein, Chazara briseis. Ich habe diesen Schmetterling erst ein Mal zuvor gesehen, als ich mit einem Freund hier gewesen bin. Mit Helge. Er hatte gehört, dass jemand einen Großen Eisvogel und einen Admiral hier draußen am Viksee gesichtet hatte. So sind wir mit dem Fahrrad hier raus. Ich weiß nicht mehr, ob wir dann eine gesehen haben. Aber es ist gut möglich, denn sie waren damals noch nicht so selten. Aber ich kann mich gut erinnern, dass wir plötzlich – und zwar beide gleichzeitig – etwas ganz anderes entdeckt haben, etwas, wovon wir nicht mal geträumt hätten. Und zwar ein sehr schönes und dunkles Exemplar einer Weißbandigen Berghexe. Sie wurde in Schweden nur ein paarmal entdeckt. Helge war total glücklich darüber. Lachte. Tanzte fast. Und jetzt ... Das ist fantastisch, dass ich das erleben durfte. Hast du sie nicht gesehen?«

»Nein, ich glaube nicht. Helge? Das war wohl der, der das Porträt von dir gemalt hat?«

»Ja, genau. Stimmt.«

»Du hast mir noch nicht viel von ihm erzählt«, sagte ich.

»Nein? Es gibt auch nicht viel zu erzählen? Er hat sich sehr für Schmetterlinge interessiert. Für Musik, für Kunst und für Schmetterlinge. Wir hatten nicht so viel miteinander zu tun, aber ich war gerne mit ihm zusammen, wenn es sich ergab. Er war seine Idee, mir aufzuschreiben, wenn ich Schmetterlinge gesichtet hatte. Und manchmal haben wir unsere Erfahrungen ausgetauscht. Er hat auch Briefmarken gesammelt, aber nie so wie ich und Olle und alle anderen im Verein. Die Musik und die Kunst haben ihn viel mehr interessiert.«

»Und warum hat er ein Porträt von dir gemalt?«

»Das war ein Zufall. Wir waren zusammen auf einem Kammermusikkonzert, in der Kirche oder im alten Theater, ich kann mich nicht mehr erinnern. Sie haben unter anderem ein Stück von Schubert gespielt. Ein Streichertrio. Und dabei ist Helge irgendwie mein Gesicht aufgefallen. Er saß da und hat mich das ganze Konzert über angestarrt, mein Gesicht studiert und behauptet, die Musik daraus lesen zu können. ›Du trägst deine Gefühle auf der Stirn‹, hat er gesagt. Hm, ich weiß nicht. Wie auch immer, jedenfalls wollte er versuchen, mich zu malen, versuchen, das festzuhalten, was er während dem Schubertstück in meinem Gesicht gesehen hat.«

»Und? Hat er es geschafft?«

Samuel zuckte mit den Schultern. »Ich weiß ja nicht, was er gesehen hat. Später hat er behauptet, dass er beim Üben immer an mein Gesicht denken muss. Er hat nämlich auf einer selbst gezimmerten Geige gespielt. Aber ich glaube, er war mit dem Ergebnis seines Gemäldes sehr zufrieden. Jedenfalls hat er mich mehrmals gebeten, es ihm für Ausstellungen in Oskarshamn und Stockholm zu leihen.«

ELF

Meine Mutter wünscht mir Gute Nacht und schließt die Tür zu ihrem Schlafzimmer. Ich bleibe im Wohnzimmer mit einem Glas Rotwein sitzen. Es regnet wieder, nachdem es ein paar Stunden aufgehört hatte. Das Wasser rinnt über die Fenster in ständig neuen Bahnen und bricht das Licht der Straßenlaternen und Neonschilder und erleuchteten Fenster der Nachbarn auf der gegenüberliegenden Straßenseite auf immer wieder neue Weise.

Aus der Stereoanlage im Bücherregal strömt unendlich schöne Musik aus einer Symphonie von Philip Glass. Die wehmütige Solovioline berührt mich sehr. Ich schließe die Augen. Einen Augenblick lang denke ich an Samuels Freund Helge, den Violine spielenden Künstler, und plötzlich habe ich ein Bild von ihm: eine paganinihafte Gestalt, deren Baskenmütze mit Farbtupfen übersät ist, mit einem Instrument, dessen Töne nach Linoleum und Terpentin dufteten.

Nach dem Ausflug hielten wir am äußersten Ende des Nordkais, blieben im Wagen, den ich mir ausgeliehen hatte, sitzen und schauten über den Hafen und die Stadt hinweg. Einige hundert Meter von uns entfernt war man dabei, grob geschlagene, dunkle Baumstämme von einem Schiff zu entladen.

»Hier in der Stadt hat sich viel verändert, seit ich klein war«, erzählte Samuel. »Aber es hat sich auch eine Menge erhalten. Darüber bin ich froh. Es ist wichtig, dass man Dinge wiedererkennt.«

»Es hat sich ja schon eine Menge verändert, seit ich klein war«, kommentierte ich. »Und seit ich hier weggezogen bin, erst recht. Obwohl das erst ein Jahr her ist.«

»Ja, vielleicht. Vielleicht sind die wirklich großen Veränderungen erst in den letzten Jahren passiert. Mag schon sein.«

Samuel kurbelte das Seitenfenster herunter, und ein angenehmer Duft von feuchtem Holz strömte in den Wagen. Er nickte in Richtung des Schiffes. »Dort drüben, wo das holländische Schiff andockt, lag sie. Ich glaube, sie hieß Feodora. Direkt vor *Jungners* und der Furnierfabrik. Das Schiff, mit dem Willam kam. Sie sieht dem hier sehr ähnlich.«

»Hast du immer noch Kontakt zu ihm?«

»Willam? Nein, es ist lange her, dass ich den letzten Brief von ihm bekommen habe. Viele Jahre, um genau zu sein.«

»Was glaubst du, ist passiert? Warum schreibt er dir nicht mehr?«

Samuel zuckte mit den Schultern. »Ich weiß nicht. Es gibt viele Gründe. Vielleicht lebt er nicht mehr. Oder er hat sich irgendwo zur Ruhe gesetzt. Vielleicht reist er nicht mehr an entlegene Orte, von denen es lohnt, Briefmarken oder Briefe zu schicken. Zu mir oder zu anderen. Um mich zu erfreuen. Oder andere. Ich weiß nicht ...«

»Wie alt ist er jetzt eigentlich? Falls er noch lebt?«

»Tja, er müsste ... Er wäre wohl dieses Jahr sechzig geworden. Er bekäme noch nicht mal Rente.«

»Sechzig«, wiederholte ich. »Das ist nicht so alt.«

»Nein, natürlich nicht. Heutzutage ist das nichts.«

»Hast du nach Wilhelm eigentlich je einen anderen Mann kennengelernt, ich meine, einen anderen Freund gehabt?«

»Nein, eigentlich nicht. Keinen wie ihn, jedenfalls. Einmal habe ich auf eine Zeitungsannonce in der *OT* geantwortet. Es war ein Mann, der am Kiosk in Svalliden wohnte. Er hieß Daniel. Ich weiß nicht, ob er immer noch dort wohnt. Ich habe ihn jedenfalls nicht mehr gesehen. Andererseits ging er nicht so oft aus. Wir haben uns ein paarmal getroffen, aber er rauchte viel, und ich konnte das noch nie leiden. Mir wird schlecht davon. Ich finde, Pfeifentabak kann richtig gut riechen, aber Zigarettenrauch kann ich nicht ausstehen. Und er war ziemlich verbittert. Ich glaube, er mochte sich selbst nicht. Wir waren einander keine große Stütze, das habe ich schnell verstanden, und deshalb haben wir auch bald den Kontakt abgebrochen. Es waren ohnehin nur ein paarmal. Danach gab es keinen mehr.«

»Wo habt ihr euch denn getroffen?«, fragte ich, »du und Daniel?«

»Bei ihm zu Hause. Und einmal sind wir zusammen ins Kino gegangen. *»Der Flug des Adlers*, das war alles. Er konnte nicht gut gehen, das war vielleicht auch ein Problem. Er hatte Schmerzen in seinen Beinen, und er ging am Stock. Er fand es am Schönsten, zu Hause in seiner kleinen Wohnung zu sitzen und Platten zu hören ...«

»War er alt?«

»Nein, eigentlich nicht. Vielleicht fünf oder sechs Jahre jünger als ich. Aber ... Ja, doch, vielleicht auf eine Art älter.«

Die drei Kartons stehen immer noch neben der Vitrine. Ich fühle mich eigentlich zu müde, um weiter darin herumzuforschen, aber meine Neugier obsiegt, und so stehe ich vom Sofa auf, nehme mein Weinglas und setze mich auf den Boden.

Einen Teil der Bücher habe ich bereits angeschaut, vor allem die Briefmarkenbücher und einige Romane. Ich stöbere ein wenig und finde noch zwei Bücher über Schmetterlinge, aber im Unterschied zum ersten Nachschlagewerk, das mir in die Hände gefallen war, fehlen in diesem hier Samuels persönliche Anmerkungen und Kommentare.

Ein Buch scheint mir sehr alt zu sein, der rote Einband ist ziemlich fleckig. Es finden sich sehr gute Illustrationen darin, detailreiche Zeichnungen mit meist nur einer Schmetterlingsart pro Seite. Hier und dort halte ich an und bewundere eine Abbildung.

Beim Hauhechelbläuling steckt wohl als Lesezeichen ein Brief von Wilhelm aus Brighton vom 21. April 1953. Das Papier ist dünn und fast durchsichtig. Hier und dort schlägt das Blau der Tinte durch und erschwert es, die Worte zu entziffern.

Mein lieber Samuel,

seit zwei Tagen sind wir in England. Morgen segeln wir weiter Richtung Mittelmeer. Übrigens, hast Du von dem Unglück auf den Dardanellen gelesen? Die ganze Besatzung des U-Boots ist ertrunken. Furchtbar! 80 Mann! Ich habe zwei Kameraden geschrieben, die auf Naboland Dienst machen, erwarte Antwort erst in ein paar Wochen.

Gestern war ich in einer Ausstellung in der Brighton Art Gallery und sah Gemälde des englischen Künstlers Glyn Philpot. Es war seltsam, denn ich dachte schon an Dich, bevor ich hingegangen bin, und als ich dort war, fand ich ein Porträt von einem jungen Mann, der aussah wie Du. Sein Haar war vielleicht etwas heller, und er hatte nicht deine dunklen Augen, aber ansonsten dieselben schönen Gesichtszüge und denselben verträumten Blick. Du darfst mir glauben, dass ich Dich vermisst habe, als ich vor dem kleinen Gemälde stand. Ich wollte meine Hand ausstrecken und Dich berühren. Leider konnte ich nicht herausfinden, wer er war, aber im Katalog heißt das Porträt »Man in a Leather Jacket«. Mir haben auch andere Gemälde und Zeichnungen gefallen, und ich könnte mir vorstellen, dass Du sie auch mögen würdest, unter anderem eine Kohlezeichnung von einem nackten Mann – nur ein paar Striche und die Schatten mit den Fingern geschmiert. Es sieht so einfach aus, wenn man dasteht und ein Bild betrachtet, findest Du nicht? Aber ich selbst würde niemals auch nur annähernd so etwas zustande bringen, egal wie sehr ich mich bemühe.

Vielen Dank für die Fotografie und den Zeitungsausschnitt. Ich habe selbst nie Briefmarken gesammelt, aber ich kann mir schon vorstellen, dass es aufregend ist, besonders wenn man so etwas erleben darf. Dank auch für deine Gedanken über »Tagebuch eines Diebes«. Ich habe noch nie von diesem Schriftsteller gehört, aber das Buch klingt interessant. Ist es übersetzt worden, oder liest du es auf Französisch?

Jetzt ist es höchste Zeit, in die Kantine runterzugehen. Der zweite Steuermann hat heute Geburtstag, und wir wollen das feiern. Übrigens hat mich dein Brief vom 12. Februar erst jetzt erreicht. Du schreibst sehr schön, und alles klingt sehr verlockend. Wir werden sehen, was passiert. Ich komme auf jeden Fall nächsten Sommer wieder nach Schweden.

Dein Freund Willam

P.S. Ich werde an dich denken, wenn ich exotische – oder erotische! – Briefmarken sehe.

In einem der Romane – *Die Reise der Jünglinge* von Erik Asklund – finde ich weitere Spuren von Samuels Freund; eine Widmung.

Samuel, mein ewiger Jüngling. Als ich dieses Buch sah, bekam ich Sehnsucht nach Dir. Vielleicht hätten wir doch zusammen reisen sollen. Dein Freund Willam.

Ich blättere ziellos darin herum und stelle fest, dass Asklund eine Reise durch ein Europa zwischen zwei Weltkriegen beschreibt, die im selben Jahr stattfand, in dem Samuel auf die Welt kam. Dann finde ich ein schönes, aber sehr abgegriffenes Buch mit Kastanienblättern und Blumen auf dem Einband. Vilhelm Ekelunds *Melodien in der Dämmerung*. Es dauert nicht lange, da habe ich das Gedicht gefunden, von dem ich annahm, dass es in diesem Buch enthalten sein würde. Ich muss ein paarmal blinzeln, bevor ich es in seiner Gänze erfassen kann.

Da waren die Buchen hell, da war der Fluss
übersät mit treibenden Inseln von Hahnenfuß
hell wiegte die Traubenkirsche ihre Krone hier wo
als Knabe ich ging.

Leise fällt Regen. Der Himmel hängt tief über
schütteren Kronen. Ein Pfiff; der Zug fährt
wieder an. In den sich langsam verdunkelnden Abend
reise ich ohne Freund.

Ganz unten im dritten Karton liegt ein Buch über Tristan da Cunha, eine Reportage über eine Forschungsreise zu dieser Insel einige Jahre vor dem zweiten Weltkrieg. Ich lese einige Zeilen aus dem Vorwort: *Still und geheimnisvoll lag sie unzählige Jahrtausend lang unberührt, bis ein Mensch sie eines Tages – und das ist noch gar nicht lange her – für tauglich befand, belebt zu werden. Seither ist die Insel im Weltenmeer Heimat für eine kleine Gemeinschaft von Menschen von sehr eigenartiger Struktur, emsig und friedlich, arm aber zufrieden – fast wie keine andere in der restlichen Welt.* Und ich glaube, das Echo von Samuels Worten zu hören.

Ich lag im Bett auf dem Rücken und betrachtete das Porträt, das sein Freund gute zwanzig Jahre zuvor von Samuel gemalt hatte. Der Pinselstrich war manchmal sehr grob, an einigen Stellen lag die Farbe dicker auf und wirkte, wie mit einem Messer aufgetragen, und dennoch erschien das Porträt sehr detailliert und klar. Daneben hingen weitere kleinere eingerahmte Bilder, unter anderem eine Fotografie von Samuel ungefähr aus derselben Zeit wie das Gemälde. Mein Blick pendelte eine Weile zwischen den beiden Porträts hin und her. Sie waren im Großen und Ganzen einander sehr ähnlich, aber der Fotografie fehlte etwas; eine Leichtigkeit oder Feinheit in den Gesichtszügen, der verträumte Ausdruck des Abgebildeten, der mich an Engel denken ließ.

Samuel saß im Sessel neben dem Schreibtisch. Er hatte mir gerade eine Episode aus seiner Kindheit erzählt, etwas, das er miterlebt hatte, etwas von einem großen Pferd, das sich eines Nachts losgerissen hatte und durch die Stadt galoppiert war.

»Du, Mattias«, sagte er nach einer Weile. »Warum erzählst du eigentlich nie was?«

»Was meinst du?«

Er brummte leise und schaute zum Fenster hinaus. Das hellgraue Märzlicht auf seinem Gesicht zauberte alle Falten weg. Mit einem Mal war er dem jungen Mann auf den Bildern sehr ähnlich, dem zwanzigjährigen Samuel.

Ich erzählte ihm von meinen Gedanken über die Porträts. Samuel schien überrascht. Er schaute prüfend zuerst das Gemälde, dann die Fotografie an. »Etwas Engelgleiches?«, wiederholte er. »Ich weiß nicht, ob ich das so sagen würde. Aber mir gefällt Helges Bild. Es hat mir immer gefallen. Es hat etwas. Er malte eigentlich keine Porträts, sondern abstrakte Kunst, vor allem Landschaften. Aber dieses Porträt hat ihm sogar selbst gefallen. Er fand, dass er meine Persönlichkeit gut getroffen hatte. Es wurde sogar auf einigen Aufstellungen gezeigt.«

»Ach, wirklich?«

»Ja, ehrlich. Einmal war es Teil der Ausstellung des Kunstvereins zu Beginn der Fünfzigerjahre. Auf der Slottsgatan. Ich hatte das Gemälde schon von Helge geschenkt bekommen, aber er bat mich, es ihm für die Ausstellung zu leihen. Ich habe es ihm natürlich gegeben. Und ein paar Jahre später, 1954 glaube ich, im Jahr der Sonnenfinsternis, von der ich schon erzählt habe, hat er es sich noch einmal für eine Ausstellung in Stockholm ausgeliehen. Für die Galerie Brinken.

Übrigens, ist dir schon mal aufgefallen, dass in der Bibel alle Engel männlich sind? Trotzdem sagt man von schönen Frauen immer, dass sie wie Engel aussehen. Merkwürdig, findest du nicht?«

Nach einer Weile fuhr er fort: »Ich möchte, dass du mir etwas erzählst, das dir wirklich wichtig ist. Etwas, das du erlebt hast oder das du dir wünschst.« Er wandte sich wieder mir zu. »Was ist dir das Wichtigste im Leben? Was möchtest du gerne tun?«

»Ich weiß nicht genau ... Ein bisschen von allem. Vielleicht ein wenig reisen.«

Er wartete darauf, dass ich noch mehr sagen sollte, aber ich wurde unsicher und verstand nicht wirklich, was ich erzählen sollte.

Dann sagte er: »Als ich klein war, habe ich mir aufgeschrieben, was ich tun möchte, wenn ich mal erwachsen bin. Dinge, die ich ausprobieren wollte, wenn ich erwachsen war. Orte, die ich besuchen wollte, Gebäude oder Kunstwerke, die ich sehen wollte. Michelangelos David in Florenz, den Eiffelturm in Paris, den Markusplatz in Venedig ...«

»Warst du schon in Venedig?«, unterbrach ich ihn.

Er schüttelte den Kopf und schaute wieder über das Tal hinaus. Es war schon seit Wochen sonnig und ungewöhnlich warm für die Jahreszeit, und der Großteil des Schnees war bereits geschmolzen. Das Schmelzwasser hatte mitten im Tal einen See gebildet.

»Wie Aschenbach, meinst du? Im *Tod in Venedig*. Nein. Ich bin vor allem mithilfe von Büchern gereist. Büchern und Briefmarken. Und mithilfe meiner Fantasie. Da kommt man schon ziemlich weit«, sagte er und lächelte mich mit einem verträumten Blick an. »Sehr weit. Fantastische Orte. Unglaubliche Erlebnisse.«

»Ich würde gerne mal nach Tristan da Cunha fahren«, sagte ich. »Es klingt so aufregend, was du davon erzählst. Die

Klippen entlang der Küste, der Vulkangipfel ...«

»Und ich bin doch niemals dort gewesen, musst du wissen. Ich kenne es nur aus zweiter Hand.«

»Ja, ich weiß. Du hast Bücher über die Insel gelesen, und andere haben dir davon erzählt. Und den Rest hast du dazufantasiert.«

Er lachte herzlich.

»Ja, mein kleiner Freund, ich habe mir sehr viel ausgemalt. Aber alles, was ich dir von Tristan da Cunha erzählt habe, darfst du getrost als Fakten betrachten. Ich hoffe, du kommst eines Tages dorthin, dann kannst du selbst sehen, ob das, was ich erzählt habe, stimmt oder nicht. Vielleicht findest du dann auch Spuren von meinem Freund, dem Matrosen, der dort einmal war.«

»Was denn für Spuren?«

»Ich weiß nicht. Eine Zeichnung auf irgendeiner Wand vielleicht. Eine Fotografie in irgendeinem Laden. Keine Ahnung. Es kann alles Mögliche sein. Ein Mensch kann viele Arten von Spuren hinterlassen, findest du nicht?«

ZWÖLF

Als ich aufwache, ist die Nachttischlampe immer noch an. Ich strecke den Arm nach ihr aus, um sie auszuschalten. Die abgenutzte Anthologie, die ich am Abend zuvor angefangen habe zu lesen, ist auf den Boden gefallen. Ich hebe sie auf, blättere zu der Geschichte, über der ich eingeschlafen bin, und lese noch ein bisschen weiter, aber die Erzählung packt mich nicht. Ich überfliege den Rest der Novelle und blättere dann ziellos weiter.

Das Gedicht, das Samuel nach seinem Liebestreffen mit Willam am Källehultsee schrieb, liegt zwischen zwei Novellen am Ende des Buches. Ich erkenne es sofort wieder, obwohl ich mir ganz sicher bin, dass ich es nie in seiner Gänze gehört habe.

Danach baden wir im kleinen See.
Die Seerosen unsere stillen Zeugen.
Du warst in mir. Dein Duft
lässt sich nicht fortwaschen.
  Du bist immer noch bei mir.
  Bewahrt.
    Beantwortet.

Das Papier ist nicht gefaltet und macht den Eindruck, als wäre es ganz neu, das runde Wasserzeichen und der Name des Herstellers leuchten hellgrau. Die Tinte ist dunkelblau und kräftig, als wären die

Zeilen erst vor wenigen Tagen niedergeschrieben worden. Ich rechne schnell mit den Fingern – das Treffen, das Samuel zu diesem Gedicht inspiriert hat, muss fünfundfünfzig Jahre her sein.

»Er blieb stehen und lehnte sich an die Fassade zwischen *Stahres* und *Kapp-Persson*«, erzählte Samuel, »gelassen und herausfordernd und gefährlich schön. Wie ein Matrose auf einem Gemälde von GAN oder eine Figur aus einem von Jean Genets Romanen. Und ich konnte einfach nicht aufhören, ihn anzustarren. Mein Blick streichelte seinen Körper, seinen wunderschönen Körper. Es ging so eine Selbstverständlichkeit von ihm aus. Dann kam er auf mich zu, klingelte an meiner Fahrradglocke und fragte mich, wie ich heiße. Ich flüsterte meine Antwort und hatte im gleichen Moment Angst, dass er sie nicht verstanden haben könnte. Aber er nickte, wiederholte meinen Namen und sagte, dass er Wilhelm heiße. ›Aber du darfst Willam zu mir sagen. Das tun alle meine Freunde‹, sagte er. Und dann streckte er mir seine Hand entgegen. Und ich nahm zum ersten Mal seinen Duft wahr, einen starken und dunklen Körperduft, der mich an Multbeeren denken ließ. Multbeeren mit nur einem Hauch von Nelken.«

»Alles war so selbstverständlich, so einfach und gleichzeitig so verdammt beeindruckend. Ich fühlte mich unerhört zufrieden, ganz anders, als je zuvor. Dann kamen wir hierher an den See, ich und Willam, und kletterten hinauf in diese Bergspalte ...«

Eine lange Weile blieb Samuel still sitzen und richtete seinen Blick auf den Felsen. »Alles war voller Libellen. Glitzernde grüne und blaugrüne. Es war so wunderschön. Ich glaube, dass ich geweint habe ... Nach Hause nahmen wir einen anderen Weg, an Djupeträsk und Rostorp vorbei und dann am Döderhultsbach entlang. Es war ein sonniger und schöner Tag, aber der Wind blies ziemlich kräftig. In der Nähe der Schrebergärten hätten wir fast einen Unfall gebaut, weil ich versucht habe, einem großen Hirschkäfer auszuweichen. Wir haben darüber gelacht. Es war später Nachmittag oder früher Abend, als wir in die Stadt zurückkamen. Wir standen eine Weile auf der Fiskhamnsbrücke unter dem Baum neben dem Kiosk und schwatzten, bevor wir jeder seiner Wege gingen. Willam musste auf sein Schiff zurück, aber wir haben uns gleich für den nächsten Tag verabredet.«

Samuel stand auf und trat ans Ufer heran. »Ich glaube, ich bin lange in der Stadt herumgeradelt, bevor ich nach Hause gefahren bin. Ich war so erfüllt von allem, was ich an diesem Tag erlebt habe. Ich hatte geliebt! Und nicht nur das. Ich hatte einen anderen jungen Mann geliebt! Wie lange schon hatte ich mich danach gesehnt? Willam war schön und stark, und vor allem: Er wollte mich wiedersehen! Ich war unerhört glücklich! Mir war so heiß, als hätte ich Fieber. Und die ganze Zeit blieb sein Duft bei mir. Ich roch nach ihm!

In der Nacht bin ich mehrmals aufgewacht, weil mir alles, was an dem Tag passiert war, nicht mehr aus dem Kopf gehen wollte. Ich schrieb ein Gedicht im Dunkeln, ohne die Lampe anzumachen. Ich war so erfüllt von Willam. Und trotzdem, auch daran erinnere ich mich, war ich unruhig, weil ich mich nicht erinnern konnte, wie er ausgesehen hatte. Natürlich wusste ich es so ungefähr. Aber vielleicht kannten wir uns einfach zu kurz, als dass ich mir alle Details hätte merken können. Als ich ihn am Tag drauf wiedergesehen habe, habe ich mir alle Gesichtszüge, Farben und Muskelspiele eingeprägt, die sein Gesicht ausmachten, und ich erinnere mich, dass ich dachte: »Ja, genau. So sieht er aus. Er ist es, den ich so unerhört gerne mag.«

»Hast du ihm das Gedicht vorgelesen?«

»Ja, das habe ich. Ich habe es ihm ein paarmal vorgelesen.«

Der Sprühregen beginnt im selben Augenblick, als ich den Friedhof betrete. Der blonde Küster ist weit und breit nicht zu sehen, aber an dem kleinen Geräteschuppen vor der Kirche steht jemand neben einem Schubkarren. Er ist gerade dabei, einen Schlauch aufzurollen, und nickt mir freundlich zu, als ich auf ihn zugehe.

»Kein Problem«, antwortet er auf meine Frage. »Ich kann Sie reinlassen. Waren Sie das, der neulich schon mal hier gewesen ist?«

»Ja, ich war in den letzten Tagen ein paarmal dort oben. Ihr Kollege hat mich reingelassen.«

»Wollen Sie vielleicht einen eigenen Schlüssel?«, fragt er lächelnd, während er den Schlauch in den Schubkarren legt. »Kommen Sie!«

Die enge Treppe führt mich hinauf in das untere Turmzimmer. Ich halte an und nehme eine alte Orgelpfeife aus einer Holzkiste unter dem runden Fenster – die Sprossen sehen aus wie mehrere Skarabäuskäfer, die in einem Kreis zueinander stehen. Die Orgelpfeife – mit einem zierlichen Symbol versehen, das ich nicht deuten kann – fühlt sich seltsam kalt in meinen Händen an. Die Metalloberfläche hat dieselbe Farbe wie Samuels kleine Kiste.

Nach einer kurzen Weile waren wir am unteren Turmfenster angekommen. Ich drängte mich an einigen Holzkisten voller staubiger Orgelpfeifen und Gerümpel vorbei und kletterte in die gewölbte Fensternische.

»Pass auf, dass du dich nicht schmutzig machst!«, warnte mich Samuel. »Pfui, ich habe noch nie so viele tote Fliegen gesehen. Die liegen hier ja überall!«

»Man hat schon von hier aus eine wunderbare Aussicht!«, rief ich ihm zu. »Obwohl wir erst auf halbem Weg sind.«

Er lachte und kam zu mir, um mir ein wenig Staub und Schmutz von meinen Hosen zu bürsten. »Das ist noch gar nichts, mein kleiner Freund. Das wirst du gleich sehen, dort oben ist die Aussicht noch viel schöner. Ist das nicht aufregend?«

Ich folgte den Fenstersprossen mit meinen Fingern. »Hast du gesehen? Das Muster der Sprossen sieht fast aus wie sechs große Käfer, die in einem Ring tanzen.«

»Ja, jetzt, wo du es sagst. Aber ich glaube kaum, dass das beabsichtigt war.«

Kurze Zeit später bin ich oben bei den Glocken. Der Regen tropft auf das Dach und die geschlossenen Fensterläden, und erst da fällt mir auf, dass ich vergessen hatte, den Küster zu bitten, sie zu öffnen.

Die Glocken wirken im Dunkeln noch größer; das schwache Tageslicht, das hereinfällt – teils durch die undichten Ritzen um die Läden herum, teils durch die schmutzigen Glasfenster oben unter der Kirchturmspitze – reicht kaum aus, um den gewölbten Konturen Formen zu verleihen. Einen Augenblick lang habe ich den Eindruck, dass sich die Glocken bewegen, langsam, langsam. Ich lege meine Hand auf die Glocke vor mir, die große; das gegossene Metall fühlt sich roh und kühl unter meiner Hand an. Und ich habe das Gefühl, eine leichte Bewegung wahrzunehmen, eine kaum wahrnehmbare Vibration. Dorothy Sayers *Der Glocken Schlag* fällt mir ein. *Und die Glocken! Ich wartete die ganze Zeit darauf, dass sie zu sprechen beginnen. Kirchenglocken haben etwas – manchmal könnte man annehmen, dass sie leben und jeden Moment zu sprechen anfangen.*

Ein rasselndes Geräusch erschreckt mich. Einen kurzen Augenblick lang erwarte ich, dass die Glocken anfangen zu läuten, aber es hatte nur jemand den Mechanismus in Gang gesetzt, der die Läden öffnet.

Das Licht, dass durch die Öffnungen hereinfällt, breitet sich schnell im ganzen Raum aus: über den alten Klöppel auf dem schmutzigen Holzboden, vorbei an einem zurückgelassenen Holzkasten mit staubigen Flaschen und Werkzeug, über meine Füße hinweg und nach vorn zu den Balken, wo noch immer die tote Taube und die Reste des Eis liegen.

Bald darauf ist es wieder still. Die Läden bleiben offen, die alte Mechanik darf ruhen. Nun sind der Regen und der Wind wieder die einzigen Geräuschquellen.

Ich gehe vor dem südlichen Fensterladen in die Hocke und schaue hinaus über das Tal.

»Als Wilhelm mich zum letzten Mal in Oskarshamn besuchte, war ein sehr seltsamer Tag«, begann Samuel seine Erzählung. »Einer der merkwürdigsten in meinem ganzen Leben. Es war kurz nach der Sommersonnenwende, und ich war fünfundzwanzig. 1954 also. Willam hatte ein paar Tage zuvor abgemustert. In Göteborg. Das Wochenende hatte er mit Verwandten an der Westküste verbracht, dann war er hierhergekommen, um mich zu besuchen.

An dem Tag waren jede Menge Leute aus nah und fern in die Stadt gekommen, weil alle auf die Sonnenfinsternis gewartet haben, die von den Astronomen vorhergesagt worden war. Oskarshamn lag nämlich mitten auf ihrem Weg. Alle waren irgendwie damit beschäftigt oder davon betroffen. Jeder hat von der Arbeit freibekommen, die Läden und Büros haben für einige Stunden geschlossen. Überall standen Menschen in Arbeitskleidern auf der Straße und erwarteten das Phänomen. Oben auf dem Dach des roten Ziegelhauses unten am Hafen, auf dem Abos-Haus – gleich neben dem Bahnhof – hatte sich ein Journalistenteam aus der Schweiz platziert. Ihr Chef fuhr in einem grünen Bugatti durch die Stadt. Er sah unglaublich gut aus.

Ich bin mit Willam auf den Stockholmsberg gegangen. Du weißt, hinter dem alten Lazarett. Wir standen ganz oben auf der Kuppe, und einen Augenblick lang haben wir Händchen gehalten. Willam gab mir sogar einen Kuss auf den Hals und streichelte meine Wange mit seiner warmen Hand. Wir waren ganz früh dort oben, und – wie erwartet – kamen bald auch andere, die die Sonnenfinsternis von dort oben aus verfolgen wollten.

Und dann ging es los. Erst wurde es deutlich kühler und Wind zog auf. Dann wurde es dunkel, deutlich schneller als bei einer normalen Dämmerung. Leider war es an dem Tag sehr bewölkt, sodass es schwer war, die Finsternis genau zu sehen. Wir hatten uns ein paar verrußte Glasscheiben zugelegt, durch die wir sehen wollten, wie sich der Mond langsam vor die Sonne schiebt. Ein alter Mann unten am Hafen hat sie uns verkauft. Da haben wir auch die Schweizer auf dem Dach gesehen.

Es war kein einziges Vogelzwitschern mehr zu hören. Es war wie Nacht, und doch anders. Über den Wolken schwirrte ein Flugzeug mit Fotografen, Journalisten und Wissenschaftlern. Das Propellergeräusch ersetzte das Vogelgezwitscher. Alles fühlte sich sehr seltsam an. Unwirklich. Und ich habe zu Willam gesagt – ich erinnere mich noch genau, wie er gerochen hat, als ich mich zu ihm hinübergebeugt habe –, ich flüsterte ihm zu, dass ich ihn liebe und dass ich froh bin, ihn an meiner Seite zu haben. Und ich habe ihm gesagt, dass ich immer mit ihm zusammen sein will. Ich habe es ihm genau in dem Augenblick gesagt, als die Sonnenfinsternis ihren Höhepunkt erreicht hat.

Willam hat mir zur Antwort nur über die Wange gestreichelt. Und auf dem Weg vom Berg hinunter in die Stadt hat er noch gesagt, dass er mich unglaublich lieb findet. ›Man darf nicht zu lieb sein, sonst kann es einem schlecht ergehen‹, das hat er gesagt. Und seine Worte haben mich traurig gemacht. Ich hatte das Gefühl, dass er mich nicht wirklich ernst genommen hat, dass das, was ich für ihn empfunden habe ... was ich für uns beide empfunden habe, ihm nicht wichtig war.

Als wir am Lilla Torget angekommen sind, haben wir ein englisches Radioteam getroffen, das hier war, um über die

Sonnenfinsternis zu berichten. Willam konnte gut Englisch, er ist ja um die ganze Welt gereist, und so hat er angefangen, mit den Engländern zu sprechen. Ich war immer noch traurig. Wir standen nur wenige Meter von dem Ort entfernt, an dem ich Willam zum ersten Mal begegnet bin. Plötzlich bekam ich es mit der Angst zu tun. Es war, als hätte sich ein Kreis geschlossen, als ob alles nun vorbei wäre. Der eine Engländer hatte schöne weiße Zähne. Er lächelte Willam an, lachte und erzählte, unbekümmert und ungezwungen. Und ich schwitzte, und mir war schlecht.

›Was ist mir dir?‹, fragte mich Willam. ›Bist du krank?‹

Ich weiß nicht mehr, was ich ihm geantwortet habe, aber kurz darauf bin ohne ihn nach Hause. Er schlug vor, mit den Engländern mitzugehen, sie wollten irgendwo essen gehen. Und mir war so schlecht, ich musste am Gröna Äng, hinten am Volkspark, stehen bleiben und mich übergeben. Ich war am nächsten Tag immer noch so krank, dass ich den ganzen Tag im Bett bleiben musste.«

»Hat Willam denn danach nichts mehr von sich hören lassen?«, fragte ich, von Samuels Erzählung ganz mitgenommen.

»Doch, doch, wir haben uns danach schon noch mal gesehen, aber es war das letzte Mal, dass er nach Oskarshamn gekommen ist. Er hat mir sogar gleich noch am selben Tag eine Karte geschickt. Sie hatten speziell zur Sonnenfinsternis einen Sonderstempel herausgebracht. Ich werde ihn dir einmal zeigen, ich habe mehrere Sendungen von diesem Tag. Willam schickte mir die Karte mit diesem Sonderstempel vom Hafen aus. Es war eine Karte von Südschweden, und quer über die Karte, quer über Oskarshamn verlief eine breite schwarze Linie. Natürlich sollte das nur den Verlauf der Sonnenfinsternis illustrieren, aber für mich hatte sie eine ganz schreckliche Bedeutung; diese schwarze Linie hat mein ganzes Leben durchgestrichen, mein ganzes Dasein, als hätte ein schreckliche Macht einen breiten schwarzen Strich durch mein Leben gezogen. Ich war total durcheinander.«

»Aber, das verstehe ich nicht …«, sagte ich. »Wenn ihr euch danach noch mal gesehen habt, warum hat es dich dann so durcheinandergebracht?«

Samuel brummte kurz. »An diesem Tag ist mir klar geworden, dass er niemals bei mir bleiben wird, dass er weiterziehen wird. Wieder und wieder«, setzte Samuel nach einer Weile fort. »Vielleicht habe ich bis dahin noch gehofft, dass er sich eines Tages ändern wird, dass er doch noch irgendwann irgendwo sesshaft werden wird. Zur Ruhe setzen. Zusammen mit mir. Davon habe ich immer geträumt. Das war es, was ich mir gewünscht habe. Ich war so … so entsetzlich einsam. Ich habe ihn gebraucht.«

Auf dem Weg nach unten mache ich im mittleren Turmzimmer Halt. Auch hier gibt es ein schönes rundes Fenster, das weiches Licht von draußen hereinfallen lässt, aber das Muster der Sprossen ist anders, hier gibt es keine Skarabäen. Ich stelle meinen Rucksack ab und trete an die Wand heran.

»Hier sind meine Träume. Meine Gedanken, Hoffnungen und Träume. Und alle meine Wünsche.«

»Alle?«

»Ja, so wie gut wie alle.«

»Und deine Geheimnisse? Sind die auch hier?«

Samuel dachte einen Augenblick lang nach. »Ja, vielleicht. Alle außer einem.«

»Welches denn?«

»Das Größte von allen. Ich kann niemandem davon erzählen. Eine ganze Welt würde zusammenbrechen.«

Noch einmal fällt mir auf, wie leicht diese kleine Zinnschachtel in meiner Hand liegt. Ich ziehe ein Taschentuch aus meinem Rucksack, befeuchte es mit ein wenig Speichel und putze damit Samuels Schatztruhe. Der Stoff ist danach fast schwarz.

Mit den Fingern streiche ich über die dünne, matte Metalloberfläche, in daie Samuel mithilfe eines Hammers irgendwann Anfang der Vierzigerjahre ein Muster eingeprägt hat. Der Deckel hat einige Dellen abbekommen, und die eine Ecke ist angeschlagen. Vorsichtig biege ich das weiche Metall zurecht.

Dann lege ich meine und Samuels Briefe zusammen mit den anderen Papieren in das Kistchen zurück. Das Einzige, das ich behalte, ist Samuels Brief, den er mir zu meinem dreißigsten Geburtstag geschrieben hat.

Das Kistchen ist fast voll, als ich den Deckel schließe, dann stelle ich es zurück in sein Versteck in der Wand. Auf dem groben Boden neben den seltsamen Holzfiguren liegen Kiesel und Putz, die von der Wand abgefallen waren. Ich suche eine Weile, aber dann finde ich ein Stück, das groß genug ist, das Versteck fast völlig zu verdecken.

Ich trete an die runde Fensternische heran und drehe mich um. Zwischen mir und der Wand sind etwa drei oder vier Meter. Aus diesem Abstand heraus ist es fast unmöglich, das Loch zu entdecken, wenn man nicht weiß, dass es dort ist.

Ich klopfte noch einmal an die Tür und meinte nun doch, ein Murmeln zu vernehmen. Also trat ich ein.

Samuel saß in einem Sessel vor dem französischen Balkon und schaute auf den Stora Torget hinaus. Es schien, als hätte er zugenommen, seit ich ihn das letzte Mal gesehen hatte. Oder kam es mir nur so vor, weil er so zusammengesunken dasaß?

Erst als er meine Stimme hörte, drehte er mir den Kopf zu und begegnete meinem Blick. Er lächelte trübe und flüsterte meinen Namen.

»Ich habe geglaubt, der Pfarrer kommt schon wieder.«

»Nein, ich bin's nur.«

Ich zog einen der alten Esstischstühle heran und setzte mich zu ihm. »Wie geht es dir, Samuel?«

»Nicht so gut«, antwortete er und richtete seinen Blick wieder zum Fenster hinaus.

Ich schaute auf den kleinen Tisch neben dem Sessel. Ein leeres Glas, ein Buch über den Künstler Glyn Philpot und eine Tageszeitung, die unberührt wirkte. Auf dem Buch lag seine Lesebrille.

»Soll ich dir Wasser nachschenken? Oder willst du was anderes? Kaffee?«

»Nein, danke. Ich will gar nichts.«

»Ich hab gehört, dass Carolina im Krankenhaus liegt, weil sie gestürzt ist. Wie geht es ihr?«

»Es war doch nicht so schlimm, wie es zuerst ausgesehen hat. Aber sie wird nun in ein Heim müssen, haben sie gesagt.«

Er klopfte mit den Fingern langsam auf die Lehne des Sessels.

»Ich kann mir vorstellen, dass du deswegen traurig bist ...«

Er brummte leise.

»Wann kommt sie denn ins Heim?«, fragte ich.

»Weiß nicht.«

»Das dauert vielleicht noch eine Weile. Zuerst muss sie ja wohl aus dem Krankenhaus entlassen werden. Dann darf sie vielleicht noch ein wenig zu Hause bleiben, bevor es so weit ist.«

»Vielleicht. Ich weiß nicht. Elisabeth hat alles organisiert.«

Und wie soll es mit dir weitergehen, mein kleiner Freund?, fragte ich mich.

Ich griff nach dem Buch. »Das sieht interessant aus. Hast du mir nicht mal von ihm erzählt? Ist er nicht der Künstler, der mit einem Mann zusammengelebt hat, der sein Diener und gleichzeitig sein Liebhaber gewesen ist?«

Samuel nickte.

»Hast du schon damit angefangen?«

»Nur ein wenig darin geblättert. Mir die Fotos angeschaut.«

Mitten im Buch lag ein Lesezeichen. Ich schlug die markierte Seite auf und fand dort drei Gemälde. Die ganze linke Seite war von einem Porträt eingenommen, ein junger Mann mit sensiblem Gesicht und einem verträumten Blick.

»Er sieht dir ein wenig ähnlich, Samuel. Findest du nicht?«, sagte ich und hielt ihm das Buch hin.

Samuel drehte sich nicht um, sondern schaute weiterhin auf den Platz hinaus.

»Ich weiß«, murmelte er. »Das hat mir schon mal jemand gesagt. Aber das ist lang her.«

»Wo bist du gewesen?«, fragt meine Mutter, als wir am Esstisch sitzen.

»Ach, überall. In Svalliden und in Döderhult. Unten am Bach und in der Kirche.«

»Bist du nicht nass geworden? Hier hat es einmal ziemlich geregnet.«

»Nein, da war ich gerade in der Kirche. Oben auf dem Turm«, antworte ich und wechsle das Thema.

»Kennst du eigentlich einen Maler mit dem Namen Helge Lindqvist?«

»Ja, natürlich kenne ich den. Er ist aber schon vor vielen Jahren umgekommen, bei einem Unfall mit einem Lastwagen bei Scania. Er war Teil der Källström-Gruppe zusammen mit Sten Lindahl, Åke Nilsson und einigen anderen. Vor gar nicht langer Zeit gab es im Lytzéns Kunstsalon eine große Retrospektive, vielleicht erinnerst du dich daran? Na ja, es ist fast zehn Jahre her, wenn ich genauer darüber nachdenke. Warum?«

»Samuel und er waren als Jugendliche befreundet. Helge hat Samuel porträtiert, das Gemälde wurde auch auf einer Ausstellung in den Fünfzigerjahren gezeigt.«

»Ach, wirklich? Ich habe einige Gemälde von ihm gesehen, aber an ein Porträt kann ich mich nicht erinnern. Kennst du es?«

»Ja, als Kind habe ich es oft gesehen, aber danach nie wieder. Ich nehme an ... Ich hoffe, dass Samuels Schwester es an sich genommen hat.«

Meine Mutter nimmt noch einen Löffel von der Pie und denkt einen Augenblick lang nach. »Ich frage mich gerade, ob nicht im Rathaus ein Gemälde von Helge Lindqvist hängt. Falls es dich interessiert, kannst du es anschauen. Obwohl, das wird diesmal nicht mehr klappen. Es steht auch was über Arvid Källström in dem Buch über schwedischen Modernismus, das ich gerade lese.«

»Ach ja? Dann steht da vielleicht auch etwas über Helge Lindqvist.«

»Nein, das glaube ich nicht. Daran würde ich mich erinnern.«

Ich hole die beiden Bilder, die in Samuels Schlafzimmer gehangen haben und zeige sie meiner Mutter.

»Das hier ist ja wunderschön«, sagt sie und setzt ihre Brille auf. »Diese Blumen haben etwas Japanisches, findest du nicht?« Sie schaut sich das Bild noch eine lange Weile lang an. »Das sieht ganz anders aus als alles, was ich von Helge Lindqvist bisher gesehen habe. Soweit ich weiß, hat er eigentlich nur abstrakte Sachen gemalt, modern und sehr provokativ. Das hier ist doch sehr naturalistisch.« Dann lächelt sie und gibt mir das Bild zurück. »Das ist ein schöner Fund.«

Sie streckt sich nach der Fotografie von Samuel. »Hm. Da ist er noch ganz jung. So kann ich mich gut an ihn erinnern, als er immer noch mit seinem Fahrrad herumgefahren ist. Nur der Scheitel war niemals so exakt wie hier, vor allem nicht beim Fahrradfahren.«

Ich lehne mich zu ihr hinüber und schaue mir das Porträt an. »Seltsam, ich kann mich gar nicht daran erinnern, wie er eigentlich ausgesehen hat. Das Foto hilft mir natürlich, aber er war ja schon viel älter, als wir uns kennengelernt haben. Ich meine immer, ich sollte mich besser an sein Gesicht erinnern. Ich erinnere mich ja an so vieles andere.«

Meine Mutter zuckt mit den Schultern. »Ich weiß nicht. Vielleicht kommt es weniger darauf an, wie ein Mensch aussieht. Oder ausgesehen hat. Es gibt vielleicht Wichtigeres, an das man sich erinnern sollte. Findest du nicht?«

»Ja, bestimmt ist das so. Aber trotzdem.«

»Übrigens, weil du gerade davon sprichst. Ich weiß noch, wie schwer es mir fiel, mich an das Gesicht meiner Cousine zu erinnern, nachdem sie gestorben war, obwohl wir uns so nah gewesen sind. Hm. Das ist jetzt schon lange her. Ich war damals selber noch jung. Und jetzt ... Das ist das Seltsame an der Zeit. Sie vergeht so langsam ... und gleichzeitig so schnell.«

Sie macht eine Geste und lächelt. Manchmal sieht meine Mutter immer noch so aus, wie ich mich als Kind an sie erinnere; eine Geste oder ein Lächeln zaubert viele Jahre weg.

»In der Küche von Samuel und seiner Mutter hing eine Uhr«, sage ich. »Und immer noch, wenn ich an Zeit denke – als Begriff oder als Phänomen im Großen und Ganzen –, kann ich das Ticken dieser Uhr hören. Ich erinnere mich genau daran, wie sie geklungen hat.«

Samuel hatte sich auf das Sofa unter die dunkelbraune Wanduhr gesetzt. Wir saßen eine Weile still da und schauten einander nur an. Dann fragte er mich nach meinem Namen.

»Mattias«, antwortete ich.

Er wiederholte das langsam. »Weißt du, dass das ›Gottesgeschenk‹ bedeutet?«

Ich schüttelte den Kopf. »Nein, das wusste ich nicht. Und deiner? Was bedeutet er?«

Samuel wirkte von meiner Frage überrascht oder gar irritiert und wandte sich ab. »Mein Name? Das ... das bedeutet ›von Gott erhört‹.«

»Glaubst du an Gott?«

Samuel antwortete nicht.

»Hast du denn um etwas gebeten?«

Er brummte und schaute auf seine Hände. Draußen auf dem Flur hörte man die Schritte seiner Mutter, sie kamen näher und näher.

»Ich habe wohl um viel zu viel gebeten«, antwortete er leise und begegnete wieder meinem Blick. »Oder vielleicht um viel zu wenig.«

DREIZEHN

Der Bus bebt kurz, als der Fahrer den Motor startet. Eine Weile sitzt er ganz still hinter dem Steuer, als würde er auf ein geheimes Signal warten. Dann stellt er mit einem geübten Griff den Rückspiegel ein, schließt die Türen und fährt los. Ich schaue zum Fenster hinaus und sehe meine Mutter auf der Södra Långgatan in Richtung Bibliothek verschwinden, während wir den Busbahnhof verlassen und in die Handtverksgatan einbiegen. Meine Mutter winkt mir noch einmal zu, aber ich kann mir schwer vorstellen, dass sie mich wirklich sieht. Einige Minuten später fahren wir die Varvsgatan hinunter zum Hafen.

»Hier bin ich oft hergekommen, als ich klein war«, sagte Samuel und deutete Richtung Innenhafen. »Ich bin hier gesessen und habe zugeschaut, wie die Schiffe be- und entladen worden sind. Manchmal habe ich mir gewünscht, dass mich jemand auf eine Reise mitnimmt ...«

»Wohin wolltest du denn?«

»Ich weiß nicht. Vielleicht war es nur wichtig zu reisen, anstatt irgendwo anzukommen. Ich kann mich nicht erinnern.«

»Wer sollte kommen und dich an die Hand nehmen?«

Er brauchte ein wenig, bevor er antwortete. Ich studierte

sein Profil und sah zweierlei: eine Schwäche und eine Stärke, etwas Offenes und etwas Verschlossenes.

»Ich weiß nicht recht. Vielleicht jemand, der alle Meere kennt, alle Inseln. Sodass er mich auf eine Insel mitnehmen könnte, wo es mir am besten gefallen würde.«

»Tristan da Cunha, vielleicht?«

Er lachte und klopfte mir auf die Schulter. »Ja, vielleicht. Oder Öland. Ich weiß es nicht.«

Der Bus fährt am Bahnhof vorbei, am südlichen Kai und dem alten Fischhafen. Kurz darauf fahren wir an der Norraschule vorbei, in der Samuel seine ersten sieben Schuljahre absolviert hat – die Uhr in der Mitte der roten Ziegelfassade ist auf zwanzig vor sieben stehen geblieben –, und einen Augenblick später taucht linker Hand das Björnbacka auf. Die Blätter der vielen Bäume, die das alte Epidemiekrankenhaus umgeben – hauptsächlich Eichen und Pappeln –, haben eine neue Farbenpalette zu bieten; sie gehen nun ins Gold, ins Braun, ins Orange und ins Rot. Nur wenige Bäume sind immer noch ganz grün. Und irgendwo in dem hellen Gebäude zwischen den Bäumen liegt Samuels Mutter auf ihrem Sofa. Die schöne Carolina mit ihrem langen Haar.

Langsam erwachte ich zur Stimme von Carolina. Sie summte ein Lied. *Komm mit mir, sagte mein Freund. Nun fällt des Winters erster stiller Schnee, und der Sommer geht ...*

Ich öffnete die Augen und schaute sie an.

»Du bist eingeschlafen, Mattias.«

»Ja, das bin ich wohl.«

Eine einzelne Strähne hatte sich aus ihrem Haarknoten gelöst und hing nun über ihre linke Wange hinunter zum Hals. Sie versuchte, sie hochzustecken, aber die Geste wirkte halbherzig, und die Strähne fiel gleich wieder herunter.

»Ich glaube, du hast tief geschlafen«, sagte sie. »Ich habe dich wieder und wieder angeschaut. Nach dir geschaut.«

Ich schaue auf. Wir fahren schnell an einer Abzweigung vorüber, ich schaffe es gerade noch, die Buchstaben auf dem Wegweiser zu entziffern, dann sind wir schon daran vorbei. Aber ich glaube, ich hätte auch so gewusst, wo wir sind, ohne den Namen des Ortes zu lesen. Ich habe diese Ausfahrt schon so oft genommen mit dem Fahrrad oder dem Auto, das letzte Mal mit Samuel auf unserem letzten gemeinsamen Ausflug.

»Dieser Ort fühlt sich mehr an wie Norrland als wie Småland«, sagte Samuel. »Das ging mir schon immer so. Schon seit ich vor vielen Jahren das erste Mal hier gewesen bin.«

Wir standen am Strand neben der Holzbrücke, die vom Eis des letzten Winters großteils zerstört wurde, und schauten über den Viksee hinaus. Ein Fischreiher kreiste hoch über unseren Köpfen, bevor er nach Osten übers Meer hinaussegelte.

»Warst du denn schon mal in Norrland? Du hast noch nie davon erzählt.«

Er lachte und schüttelte den Kopf. »Es ist mehr so ein Eindruck, den ich habe«, erklärte Samuel mit gespielter Entrüstung. »Stellst du etwa meine Gefühle in Frage?«

Ich lächelte, öffnete meinen Rucksack und nahm eine Thermoskanne heraus.

»Siehst du den großen Felsen auf der anderen Seite? Den, der sich leicht zum Wasser hinunterneigt.«

Samuel hob die Hand vor die Augen, um besser zu sehen. »Ja, klar.«

»Da habe ich einmal einen Luchs entdeckt, als ich fünf oder sechs Jahre alt gewesen bin. Mein Vater ist mit mir zum

Angeln hierhergefahren. Und dann, während wir hier auf der Brücke gestanden sind, haben wir den Luchs gesehen. Ich glaube, wir haben ihn gleichzeitig gesehen. Wir haben beide nichts gesagt, jedenfalls kann ich mich nicht daran erinnern. Wir standen einfach nur nebeneinander auf der Brücke und schauten dieses Tier an. Es war großartig, so ein Erlebnis zu teilen. Der Luchs ging bis zur Spitze des Felsens, wir sahen ihn die ganze Zeit im Profil, und als er aus dem Schatten kam, ließ die späte Nachmittagssonne seinen Pelz glänzen wie Gold.«

»Da hattet ihr unglaubliches Glück, Mattias, du und dein Vater. Ich war schon so oft im Wald, aber ich habe noch nie einen Luchs gesehen. Die sind ganz schön scheu, soweit ich weiß. Übrigens, ich kann mich an deinen Vater erinnern. Er ging in die Klasse über mir. Wir haben zwar nicht oft miteinander gespielt, aber ich habe Otto gut gekannt.«

Samuel setzte sich auf einen Stein neben der Brücke. Ich gab ihm eine Plastiktasse und schenkte ihm Kaffee ein.

»Du erzählst nie was von deinem Vater, Samuel!«, sagte ich und ging neben ihm in die Hocke. Das Wasser war deutlich wärmer, als ich angenommen hatte. Ich trocknete meine Hand an meiner Jeans und nahm einen Schluck Kaffee.

»Ich denke nicht gerne an ihn«, antwortete Samuel. »Es macht mich bloß traurig. Er war gemein zu meiner Mutter. Zu mir wohl auch, aber daran kann ich mich nicht so genau erinnern. Will ich auch gar nicht. Meine Schwester Elisabeth hat er nie geschlagen. Das hat sie zumindest gesagt. Er hat sie nicht mal angeschrien, obwohl er schnell bei der Sache war, wenn es darum ging, Gemeinheiten von sich zu geben. Manchmal glaube ich, dass sie die Einzige war, die ihm überhaupt etwas bedeutet hat. Die Einzige, die er mochte. ›Zu mir war er immer nett‹, hat sie eigensinnig behauptet, wenn wir je über ihn gesprochen oder auch nur seinen Namen erwähnt haben.

Er verschwand kurz vor dem Krieg, aber das habe ich dir schon erzählt. Er verschwand eines Tages direkt nach der Arbeit. Er hat lange in der Werft gearbeitet, damals belud er Schiffe. Seine Arbeitskollegen wussten nicht, wohin er gegangen ist. Nicht mal meine Mutter. Er verschwand einfach, ohne irgendjemand irgendwas zu sagen. Ohne Abschied. Meine Mutter hat lange geglaubt, dass er auf irgendeinem Schiff angeheuert hat. Er hat wohl oft damit gedroht, einfach abzuhauen und alles hinter sich zu lassen. Und ich habe dann geglaubt, dass er im Krieg umgekommen ist, dass das Schiff, auf dem er angeheuert hat, torpediert worden oder auf eine Miene aufgefahren ist. Seltsamerweise machte es mich kein bisschen traurig zu denken, dass er tot war. Es hatte sich eher gut angefühlt und auf jeden Fall beruhigend. Zumindest am Anfang.«

»Was meinst du mit ›gemein‹ zu deiner Mutter?«

»Er hat sie geschlagen. Oft. Und sie angeschrien. Daran kann ich mich gut erinnern. Auch an dem letzten Abend, bevor er verschwunden ist. Was für hässliche, schreckliche Worte er geschrien hat! Es war fürchterlich. Carolina hatte blaue Flecke auf dem Arm, die sie unter einer langärmeligen Bluse verstecken musste. Und er … Nein, ich will gar nicht mehr daran denken. Hm … Manchmal wundere ich mich, dass ich Männer überhaupt mag.«

Samuels Erzählung schockierte mich. Die schöne, liebe Carolina ... Wie konnte man jemanden wie sie schlagen? Ich saß wie erstarrt und schaute Samuel an. Das Oktoberlicht, das sein Gesicht traf, unterstrich das Gefühl der Unwirklichkeit – es war kalt und blau wie ein Traumbild.

Samuel stand auf und massierte seine Knie mit langsamen Bewegungen. »Ich kann nicht mehr so lange sitzen«, erklärte er und ging ein paar Schritte. »Es fühlt sich an, als würden meine Gelenke steif werden.«

»Hat denn niemand was unternommen?«, fragte ich schließlich. »Hat euch niemand geholfen? Die Nachbarn, die Polizei ...«

»Nein, niemand. Wir haben ja auch nie darüber gesprochen. Aber natürlich müssen die Nachbarn, wenn nicht die Schläge, dann zumindest das Schreien gehört haben. Und mit Schreien meine ich natürlich seine Schreie. Meine Mutter hat nie geschrien. Nicht mal, als er ihr den Arm gebrochen hat. Sie ...«

»Er hat ihren Arm gebrochen?«

Samuel nickte und fiel in sich zusammen. »Ja, er hat sie geschlagen, mit einer Zange oder einem Schraubenschlüssel, ich kann mich nicht mehr genau erinnern. Ihr Unterarm brach an zwei Stellen. Carolina hat versucht, ihn zu beruhigen, versucht, ihn zu besänftigen, so wie man ein kleines Kind beruhigt. Aber er hat sich nicht beruhigen lassen ... Er war auch stark, dieser Teufel. Unglaublich stark.«

»Und deine Schwester?«

Samuel stand mit dem Rücken zu mir und schaute auf den See. Hinter seinen gespannten Schultern sah ich die weiche Rundung des Luchsfelsens. Parallele Linien – eine weich, eine hart. Dann drehte er sich um und streckte mir seine Arme entgegen. »Schau, wie ich zittere! Schau dir meine Hände an! Obwohl so viel Zeit vergangen ist ... Meine Hände ...«

Nach einer Weile fuhr er fort: »Sie war als Einzige traurig, nachdem er verschwunden war. Und das war an sich ziemlich merkwürdig. Mutter und ich waren erleichtert, aber Elisabeth war traurig. Danach haben wir uns auseinandergelebt. Es war, als hätten sich zwei Lager gebildet. Mutter und ich das eine, Elisabeth das andere. Sie verschwand auch auf eine Art, wenn auch nicht so plötzlich wie Pa... wie Gustaf. Manchmal finde ich, dass sie ihm sehr ähnlich ist.«

Er drehte sich um und ging noch einmal ein paar Schritte.

»Eigentlich war es schlimm für sie. Wir konnten sie nicht trösten. Nicht wirklich jedenfalls. Sie hatte ihn ja tatsächlich gemocht. So blieb nun auch sie einsam. Aber sie war immer stärker als ich. Oder vielleicht böser. Und bei Weitem nicht so von Schuld zerfressen.«

Eines von Samuels Schmetterlingsbüchern liegt im Außenfach meines Rucksacks. Ich nehme es heraus, blättere darin herum und halte bei einer schönen Illustration inne. Veilchen-Perlmutterfalter, pyrgus centaureae, Trauermantel, Östlicher Großer Feuerfuchs ... So lande ich wieder auf der Seite mit der Erklärung über den Apollofalter und Samuels Notizen. *A. Mnemosyne, weiße dünne Flügel. Mnemosyne, Göttin der Erinnerung. Lebt auf Liebeskraut! V. Ekelund: Mnemosyne – Treueverhältnis zu den ersten Einsichten, zum allerersten Gewahrwerden.*

Was bedeutet es, den ersten Einsichten treu zu sein? Kann es sein, dass man seinem ersten Eindruck treu sein soll? Seinem ersten bewussten Eindruck? Und wenn das der Fall ist, bedeutet das, dass ein Mensch mit schlechtem Gedächtnis automatisch sich selbst und seinen früheren Erlebnissen untreu ist? Nein, es ist wohl eher so, dass ein Mensch, der sich um seine Erinnerungen nicht schert, ein Mensch, der sich um seine Erinnerungen und Erfahrungen nicht kümmert, sich selbst untreu wird. Andererseits ist es oft so, dass es einem besser geht, wenn man bestimmte Erfahrungen vergisst oder versucht zu vergessen.

Ich denke über Samuels selektive Erinnerung an seine Kindheit nach, wie gut er die Gewaltausbrüche seines Vaters im Gedächtnis behalten hat. Einmal behauptete er sogar, dass er sich sogar an die blauen Flecke auf Carolinas Arm erinnere, obwohl das vierzig Jahre her war, und wie gut er sich daran erinnert hat, dass seine Schwester nie geschlagen worden sei, gleichzeitig behauptete er, sich nicht zu erinnern, ob er selber geschlagen worden sei. Bestimmte Erinnerungen sind sehr deutlich, während andere in einer bewussten oder unbewussten Vergesslichkeit untergehen – zumindest scheint es so.

»Es hat viel mit meinem Vater zu tun, dass ich mit dem Briefmarkensammeln angefangen habe«, erzählte Samuel, als wir draußen am Misterhultsväg zum Auto zurückkamen. »An den Abenden war er so schlecht gelaunt. Und oft gewalttätig. Ich konnte mich in mein Zimmer einsperren und komplett auf mein Hobby konzentrieren. Ausgeschnittene Marken sortieren und waschen, Wasserstempel suchen, Zähne messen, Farbunterschiede herausfinden, sie ins Album stecken ... Ja, es war wohl vor allem eine Flucht, so sehe ich das heute. Ein Versuch, dem Unbehagen zu entkommen. Ich habe sogar eine Liste von allen Orten angelegt, an denen meine Marken gestempelt wurden.

Ich radelte von Büro zu Büro und von Laden zu Laden und bat um ausgeschnittene Briefmarken. So bin ich an die ersten herangekommen. Einige Leute waren sehr freundlich. Sie hoben sie in einem Kuvert für mich auf. Unter anderem eine Dame in der Zentrale von Konsum am Lilla Torget. Dort bin ich übrigens Helge Lindqvist, dem Künstler, begegnet. Er hat in deren Lager im Hof gearbeitet. Das erste Mal, als ich ihn traf, hatte ich einen Fahrradunfall. Ich fuhr viel zu schnell über den Platz, und jemand direkt vor mir tat einen Schritt zur Seite. Ich legte eine Vollbremsung hin und stürzte. Helge sah das von der Laderampe aus und kam, um mir aufzuhelfen.«

Aus dem Lautsprecher über mir höre ich den Busfahrer ankündigen, dass wir bald eine Pause einlegen werden. Eine halbe Minute später biegen wir von der Autobahn ab und halten vor einer Raststätte mit Imbiss.

Als ich aus dem Bus steige, frage ich mich, ob mir Samuel vielleicht aus irgendeinem Grund nicht alles erzählt hat. Vielleicht, weil ihn seine Erinnerungen so sehr geplagt haben, dass er es nicht über die Lippen gebracht hat, davon zu erzählen.

Die Zeiger der Wanduhr näherten sich Viertel nach elf. Carolina war bereits zu Bett gegangen. Ich saß mit Samuel immer noch im Wohnzimmer. Wir hatten gerade einen kanadischen Film über einen Jungen gesehen, der Brian hieß. Samuel war von dem Film sehr berührt, was auf eine Art – wie ich fand – ungewöhnlich für ihn war. Ich nahm an, dass seine unverhohlene Gefühlsäußerung darauf beruhte, dass der Junge im Film seinen Vater vermisste, dass Samuel sich in der Trauer, in dem Gefühl, verlassen worden zu sein, wiedergefunden hatte.

»Bist du deinem Vater ähnlich«, fragte ich ihn.

Er wirkte fast verärgert über meine Frage. »Ich? Nein, wirklich gar nicht ... Warum fragst du?«

»Einfach nur so. Kannst du dich erinnern, wie er ausgesehen hat? Es ist ja lange her, dass er verschwunden ist.«

»Wir sind uns in nichts ähnlich, weder im Aussehen noch im Verhalten.« Samuel stand auf, ging zum Fernseher hinüber und schaltete ihn aus. »Es ist exakt vierzig Jahre her, dass er starb, fast auf den Tag genau, bis auf ... siebzehn Tage. Es war am Freitag, den 4. August 1939, und ich kann mich noch verdammt gut daran erinnern. Viel zu gut.«

»Seit er gestorben ist? Wie kannst du sicher sein, dass er tot ist?«

Samuel setzte sich wieder. »Was du für Fragen stellst. Er ... Alle gehen davon aus, dass er tot ist. Auch meine Mutter.«

»Ich dachte, er sei nur verschwunden«, sagte ich. »Dass er abgehauen ist. Das bedeutet doch nicht, dass er tot ist.«

Die Reaktion meines Freundes überraschte mich; plötzlich wirkte er seltsam verschreckt und bleich.

»Natürlich ist der tot. Er muss tot sein.«

»Wie kannst du dir da so sicher sein?«

»Schluss jetzt!« Und einen Augenblick später setzte er mit völlig veränderter Stimme nach: »Entschuldige, mein Lieber, aber stell bitte keine Fragen mehr! Nicht jetzt.«

Der Hof vor meinem Wohnzimmerfenster ist dunkel. Ich stelle die Tasche ab, nehme meinen Rucksack ab und gehe mit meiner Einkaufstasche vom Nachtkiosk an der Ecke in die Küche, um sie auf der Theke abzustellen. Die Luft in meiner Wohnung fühlt sich ein wenig verbraucht an, und ich öffne das Küchenfenster. Der Himmel ist wunderschön dunkelblau, einige kleine einsame Wolken, schwach vom Licht der Stadt beleuchtet, segeln langsam gen Süden. Durch die offene Balkontür im Haus gegenüber dringt ruhige Musik an mein Ohr, eine wehmütige Ballade von einer männlichen Stimme gesungen: *Rain your kisses down upon me. Rain your kisses down in storms …* Ich hebe den Blick. Im obersten Fenster gegenüber sehe ich die Spiegelung des Mondlichts. Eine Reflexion der Reflexion.

Meine Augen suchen weiter, und die Musik verschwindet – von den Sternen überstimmt. Die hellsten sehe ich zuerst, dann die anderen, etwas schwächeren, danach Tausende anderer leuchtender Himmelskörper hoch oben und weit hinter dem Dach des Hauses; mitten in alldem setzt der Große Wagen seine unendlich langsame Fahrt durchs Universum fort. Ich zwinkere. Hat sich da etwas bewegt?

»Kennst du dich mit Sternbildern aus?«, fragte Samuel.

»Kennst du dich mit Sternbildern aus?«, murmle ich synchron mit dem Klang von Samuels Stimme. Und ich erinnere mich sehr gut – sowohl an meine Antwort als auch an die besondere Kälte und die Herbstdüfte des dunklen Döderhultstals vor uns damals.

»Ich kenne nur ein paar. Den Großen Wagen, natürlich. Den Oriongürtel und noch ein paar andere. Und den Polarstern, aber das ist ja eigentlich kein Sternbild. Und du?«

»Na ja, ich kenne auch nicht viele. Die du eben angesprochen hast, würde ich wohl auch finden. Aber das ist auch schon alles.«

»Ich habe gehört, dass man die Sterne auch am helllichten Tag sehen kann. Man muss nur in eine Grotte gehen oder in ein tiefes Loch steigen, dann sieht man sie sogar im hellen Sonnenlicht.«

»Brrr!« Samuel schüttelte sich. »Ich würde nie in so ein Loch hinuntersteigen. Niemals! Da sehe ich Sterne lieber nur am Abend oder in der Nacht.«

Eine Brise streicht durchs Fenster, und ich fröstele. Ich höre die Musik wieder, der Sänger beendet seine Ballade: *Come back to me. Come back to me. Oh baby, please come back to me.* Die Brise fühlt sich an wie ein Streicheln an meinem Nacken, ein Streicheln mit kalten Fingern, und plötzlich habe ich ein ungeheures Verlangen nach physischer Berührung.

Ich lief über eine saftig grüne Wiese. Es war warm, und ich fühlte mich müde. Neben mir rührten sich zwei Pferde, sie waren dunkel, fast schwarz. Auf der Wiese gab es eine kleine Erhöhung, einen Hügel, gerade groß genug, um darauf auszuruhen. Ich legte mich hin und schlief ein. Immer wenn sich die Pferde bewegten, wachte ich auf. Aber dann wurden auch sie müde und legten sich hin. Das eine seitlich zu meinen Füßen, wenn ich meinen Arm ausstreckte, konnte es meine Hand mit seinem weichen Maul gerade so berühren. Das andere Pferd legte sich an das Kopfende meines Ruheplatzes; es schlief mit dem Kopf auf meiner Schulter ein, schwer, sodass es fast schmerzte, und so nah, dass der schnaubende Atem meinen Brustkorb kitzelte.

Ich erwachte und fühlte ein Gewicht auf meiner Schulter. Samuel war neben meiner Matratze auf dem Boden eingeschlafen, mit dem Arm über mir. Er war schwer, und ich wollte meine Position ändern, ohne ihn zu wecken. So lauschte ich seinem Atem und nahm seinen Geruch wahr. Meine Schulter und mein Arm schliefen langsam ein, der Schmerz verwandelte sich in Müdigkeit. Dann schlief auch ich wieder ein.

Ich schließe das Fenster und massiere kurz meine Arme und Schultern. Während die Wärme in meinen Körper zurückkehrt, erinnere ich mich an Wilhelms Worte im kürzesten Brief, den er Samuel je geschrieben hat:

Ich sehe Dich vor mir heute Abend, Deinen Körper, Deine dunklen Augen. Ich sehe Dich und frage mich, ob es einen Teil gibt, den ich noch nicht berührt habe, einen Teil, den ich noch nicht gestreichelt habe. Meine Gedanken gebären weitere Gedanken und noch mehr Wünsche. Ich bin weit von Dir entfernt, aber heute Abend, in diesem Augenblick wünsche ich mir sehr, bei Dir in der Hundertjahresstadt zu sein.

VIERZEHN

Nach dem Frühstück setze ich mich mit einer Tasse Espresso an den Schreibtisch. Ich drücke auf den Startknopf des Computers und schaue zum Fenster hinaus. Es regnet wieder, der Wind schlägt den Regen in unregelmäßigen Abständen gegen das Fenster. Ich nehme einen Schluck Kaffee und öffne das bereits begonnene Dokument mit dem Titel *Samuels Brief*, um die fotokopierten Briefe aus der Zinnschachtel im Turm abzutippen. Der Bildschirm füllt sich mit Zeichen, die Zeichen bilden Worte und Bedeutungen – Semantik und Syntax. Es sind Samuels Worte und Bedeutungen, Samuels Träume und Wünsche. Ich lese sie in meinen Gedanken, und es klingt wie das Echo seiner Stimme.

Meine Träume und Wünsche haben sich über die Jahre verändert, das weiß ich wohl. Als ich noch jung war, hatte ich eigentlich nur einen Traum: einen anderen Mann zu treffen, jemand, der seine Zeit mit mir teilen will, seine Liebe und seine Wärme. Ich traf den Matrosen Wilhelm ›Willam‹ Sand, als ich siebzehn war. Niemals zuvor habe ich ein solches Glück erfahren, niemals zuvor hatte ich solche Angst, jemanden zu verlieren. Und dann habe ich ihn verloren. Eigentlich hätte mein Leben zu Ende sein können, als er mich verließ. Im Grunde hat es sogar geendet. Und jetzt … Mein Begleiter seit meiner Jugend, Vilhelm Ekelund, ist mit seinen frühen Gedichten Trost und Kummer zugleich. In den sich langsam verdunkelnden Abend reise ich ohne Freund. Ja, genauso fühlt es sich an. Nicht der Einzige zu sein, der so fühlt, ist mir ein Trost. Dennoch habe ich mir das nie so gewünscht. Und das ist mein großer und ständig mir bewusster Kummer.

»An diesem Tag ist mir klar geworden, dass er niemals bei mir bleiben wird, dass er weiterziehen wird. Wieder und wieder. Vielleicht habe ich bis dahin noch gehofft, dass er sich eines Tages ändern wird, dass er doch noch irgendwann irgendwo sesshaft werden wird. Sich zur Ruhe setzt. Zusammen mit mir. Davon habe ich immer geträumt. Das war es, was ich mir gewünscht habe. Ich war so … so entsetzlich einsam. Ich habe ihn gebraucht. Oder jemanden wie ihn.«

Ich blättere in dem Dokument zurück und finde eine andere Passage wieder, Gedanken aus einem anderen Brief aus der Zinnschachtel in der Kirche, niedergeschrieben gleich nach Samuels erstem Treffen mit Willam:

Er ist mein Ein und Alles. Der Nabel, um den mein Leben kreist. Er ist auch der Einzige außer meiner Mutter, der mein Geheimnis kennt. Nicht einen Tag wollte ich ohne ihn leben. Nicht einen Tag könnte ich ohne ihn leben. Nicht jetzt, nachdem ich weiß … Alles Furchtbare und Traurige, das ich erlebt habe, wird von allem, was ich mit Willam erlebe, ausgeglichen. Hier ist die Erklärung zu allem, das Licht meines Lebens. Ich wage fast zu denken, dass ich ihn liebe. Ich glaube nicht, dass es stärker werden kann als so. Ich glaube nicht, dass mich je ein anderer Mensch so berühren wird.

Der Tag, an dem ich nach Stockholm ziehen sollte, war gekommen. Bis zur Abfahrt des Zuges blieben mir nur noch wenige Stunden. Samuel saß bereits an einem der Fenstertische im Café Norrstrand, als ich dort ankam. Er lächelte, als er mich sah, aber ich hatte den Eindruck, dass er eigentlich traurig war.

»Tja, jetzt ist es wohl so weit. Du ziehst nach Stockholm«, setzte er an. »Das ist bestimmt sehr aufregend für dich. Es wird ein ganz anderes Leben, natürlich, eine Großstadt hat ja so viel mehr zu bieten. Denk nur, wie viel Neues es zu entdecken gibt, so viel Neues zu sehen. In der letzten Zeit haben wir uns nicht mehr so oft getroffen, aber zumindest wusste ich immer, dass du da bist.«

Er unterbrach sich und schaute auf den Hafen hinaus, trommelte mit den Fingern an die Seite der Kaffeetasse. »Es wird hier verdammt leer sein ohne dich, das muss ich schon sagen. Das soll dich natürlich nicht davon abhalten wegzugehen, so meine ich das nicht. Ich wollte dir nur sagen, dass ich dich vermissen werde. Das ist einfach so. Und es ist die Wahrheit.«

Dann verstummte er erneut. Und seufzte. »Ach, es ist kein Vergnügen, alt zu werden.«

»Aber du bist doch noch gar nicht alt, Samuel.«

»Hm, ja vielleicht. Aber ich fühle mich müde und verbraucht. Allerdings war das schon immer so.«

Ich hatte das Gefühl, dass ich ihn überholt hatte, nicht nur in physischer Größe, sondern auch in anderer Hinsicht. Ich fühlte mich plötzlich älter und ja, auch reifer als Samuel, gleichzeitig aber auch jünger. Das Leben bot mir plötzlich neue Möglichkeiten – etwas vollkommen Neues und Verlockendes lag vor mir. Ich wusste noch nicht, was mich erwartete, aber es würde etwas Neues sein, etwas anderes, und diese Perspektive erfüllte mich mit dem kribbelnden Gefühl von Neugier und Erwartung. Und hier, in meiner Geburtsstadt, verließ ich nicht nur das Haus, in dem ich aufgewachsen war, die Straßen und Pfade, die ich viele Male mit dem Fahrrad abgemessen hatte, den Wald, die Wiesen und Felsen, wo ich gespielt und die Sehnsucht gefühlt hatte. Ich verließ auch Menschen, die ich mochte, Menschen, die – auf die eine oder andere Weise, und der eine mehr als manch anderer – mir etwas bedeutet hatten. Und einer dieser Menschen saß nun vor mir, an einem Fenstertisch im Café am Nordkai, ein Mann im mittleren Alter, der immer noch in seinem Kummer verharrte, den er in sich trug, seit er ein junger Mann gewesen war, ein halber Junge. Der Mann, in dessen Leben ich viele Jahre zuvor hineingeradelt war, war gebrochen.

»Ich mag dich, Samuel!«, sagte ich und streichelte seine Hand. »Ich ziehe weg, aber das bedeutet nicht, dass ich dich verlasse. Wir bleiben Freunde.«

Er zwinkerte und wandte den Blick ab, zum Fenster hinaus. Dann nahm er einen tiefen Atemzug.

Es dauerte eine lange Weile, bevor er sprach. »Du bist so nett, Mattias«, sagte er, ohne mich anzusehen. »Das fand ich immer schon. Ich hoffe, dass es dir gut gehen wird in Stockholm. Es ist eine wunderschöne Stadt. Ich war vor vielen Jahren ein paar Tage mit Willam dort. Sicher hat sich seither einiges verändert. Aber ich fand es damals eine wunderschöne Stadt. Kennst du schon den Norr Mälarstrand? Als ich da war ... Als wir dort waren, Willam und ich, fühlte ich mich zu Hause und nicht zu Hause und fremd zugleich. Es erinnerte mich so an den Kai hier draußen.«

Dann drehte er mir den Kopf zu und schaute mir in die Augen. »Ich hoffe, es wird dir gut gehen, ganz gleich, wo du sein wirst. Und ich werde mich freuen, wenn du mir mal einen Brief schreibst. Das weißt du, nicht wahr?«

Jetzt schreibe ich, Samuel. Jetzt schreibe ich.

Er schaute mich einige Augenblicke lang ernst an. »Erinnerst du dich an deinen kleinen Fahrradunfall und daran, wie dir meine Mutter geholfen hat?«

Und dann lächelte er endlich.

»Ja, das tue ich. Ich erinnere mich gut daran. Dieser Hund ...«

»King.«

»Ja, genau. So hieß er.«

»Als ich an diesem Sonntag in die Küche kam ...«

Was war an diesem Sonntag passiert, Samuel? Was hast du gefühlt, als du aus deinem frisch geputzten Zimmer nach unten in die Küche gekommen bist und mich am Tisch vorgefunden hast, wie ich von deiner Mutter verarztet wurde? Was hast du in mir gesehen? Einen ziemlich einsamen, fast zwölfjährigen Jungen, der gerne einen Freund haben wollte, einen Kameraden, mit dem er seine Gedanken teilen und seine Zeit verbringen wollte? Hast du dich selbst in mir gesehen, dich selbst als Junge, viele Jahre, bevor du deinen Matrosen getroffen hast und lange bevor dich deine Einsamkeit depressiv gemacht hat? Hast du gespürt, dass dein Geheimnis auch in mir wohnt? Wolltest du mir deswegen nahe sein, um mich zu schützen und mir beizustehen? Sodass ich nicht genauso enden würde wie du?

Bald sind es zwei Monate, seit dem du gestorben bist. Zwei Monate, in denen eine Menge Erinnerungen und Eindrücke von unserer gemeinsamen Zeit plötzlich in mein Bewusstsein drungen sind – Ereignisse und Gespräche, die ich vergessen wähnte und die sich nun, nachdem sie so viele Jahre geschlafen haben, genauso frisch anfühlen, ebenso wichtig wie damals. Vielleicht sogar noch wichtiger.

Alles hängt irgendwie zusammen, hat deine Mutter immer gesagt. Kannst du dich daran erinnern, Samuel? Alles hängt irgendwie zusammen. Und die Unruhe, die du als Junge gespürt hast, bevor du Willam, dem Matrosen, zum ersten Mal begegnet bist, lebt auf eine Art in mir fort.

Ich lag auf meiner Matratze in Samuels Zimmer und schaute in den Nachthimmel hinauf. Der Abend war von einem merkwürdig leuchtenden Blau, wie dunkelblaues Bonbonpapier vor einer schwachen Lichtquelle.

Samuel lag in seinem Bett auf der Seite, den Rücken mir und dem Zimmer zugewandt. Ich betrachtete den Hügel der Decke an seiner Schulter und konnte in der Dunkelheit sein dunkles Haar erahnen. Ich lauschte seinem Atem. Seit dem »Gute Nacht« waren schon mehrere Minuten vergangen.

»Schläfst du schon?«, flüsterte ich.

»Nein, noch nicht«, antwortete Samuel und räusperte sich.

Das Fenster war gekippt, das zur Hälfte heruntergezogene Rollo bewegte sich im Wind. Die Luft trug weiche, feuchte Sommernachtsdüfte mit sich.

»Mein Vater hat mich heute angerufen«, erzählte ich, »aber ich hatte ihm nichts zu sagen. Es war so ... ich weiß nicht.«

Samuel drehte sich auf den Rücken. »Ich dachte, du würdest ihn vermissen.«

»Ja, schon. Manchmal. Aber mich überrascht es, dass ich ihm offensichtlich gar nicht fehle. Wenn ich ihn anrufe, freut er sich und sagt, ›Wie schön, dass du anrufst, Mattias!‹, aber dann lässt er ewig nichts von sich hören.«

»Heute hat aber doch er angerufen ...«

»Ja, ich weiß. Aber es fühlte sich so an, als wollte er gar nicht mit mir reden, es war eher ...«

»Aus Pflichtgefühl heraus?«, schlug Samuel vor.

»Ja, genau. Vielleicht. Du? Vermisst du ...«

Samuel unterbrach mich, indem er sich jäh aufsetzte.

»Was ist?«, flüsterte ich.

»Ich meine, ich hätte etwas gehört«, antwortete er ganz leise.

Wir lauschten ganz konzentriert, hörten aber nichts Ungewöhnliches. Es vergingen noch weitere Minuten, bevor Samuel das Schweigen brach. »Manchmal wünsche ich mir, dass er nicht einfach so verschwunden wäre.«

»Dass er einfach so abgehauen ist, meinst du?«

Samuel antwortete nicht sofort. »Es hätte nicht so passieren sollen ...«

Plötzlich bellte ein Hund in einem der Nachbarsgärten. Auf das Bellen folgte ein Rascheln und wieder Bellen. Dann war es still.

»Wahrscheinlich wieder ein Reh im Garten«, sagte Samuel. »Vielleicht habe ich das vorher gehört. Sie kommen manchmal in die Gärten. Hast du übrigens gehört, wie das klingt? Fast wie Hundegebell.«

Ich schaute zum Fenster hinaus. »Hast du gesehen, welche wunderbare Farbe der Himmel hat?«

Samuels Bett knarrte, als er sich wieder hinlegte. »Ultramarin«, sagte er. »Mehrere meiner schwedischen Lieblingsbriefmarken sind genau in diesem Farbton. Die 25-Öre-Marke zur Erinnerung an die Schlacht bei Lützen zum Beispiel. Ja, das ist eine sehr schöne Farbe. Sieht aus, als würde sie leuchten, was sie so ... was sie geradezu ... magisch erscheinen lässt.«

Einige Minuten vergingen, und ich war gerade dabei, von einem Traum eingefangen zu werden, als mich seine Stimme für einen Augenblick zurückholte: »Ich will, dass du das tust, was du in deinem Leben tun möchtest, Mattias. Ich will, dass du dich traust, das zu tun, was du tun willst. Das würde mich freuen. Das würde mich richtig glücklich machen.«

FÜNFZEHN

In wenigen Tagen ist der laue Herbstwind fast auf Orkanstärke angewachsen. Der Nordwind zerrt an meinen Kleidern, und quer über der Treppe am Strand des nördlichen Djurgården liegt ein dicker Ast, der von einer großen Eiche heruntergebrochen ist. Die frische Wunde des dunklen, rauen Stammes leuchtet hell. Das bloß gelegte Fleisch wirkt jung und frisch verglichen mit der grauschwarzen Rinde, und dennoch ist beides Teil des viele hundert Jahre alten Organismus.

Das meiste Laub ist bereits abgefallen, Wirbel von Gelbgold und Rot tanzen ihre Totentänze um mich herum. Der Duft von verwesendem Laub und feuchter Erde liegt in der Luft; organisch, warm und fast physisch umarmt er mich auf meinem Spaziergang.

Eine Frau im Alter meiner Mutter kommt mir auf der Treppe entgegen. Ihr springt ein dunkler Schäferhund hinterher, mal hierhin, mal dorthin, er bleibt stehen und reckt die Schnauze neugierig in den Wind, plötzlich rennt er weiter.

Der Hund überholt die Frau und kommt zu mir. Ich strecke meine linke Hand aus und fühle die feuchte Schnauze, während er an mir schnuppert.

»Komm, King!«, ruft die Frau. »Bei Fuß!«

»Wer ist denn das?«, fragte er. Seine Stimme klang tief und leise, beinahe eintönig.

Seine Mutter schaute über meine Schulter hinweg ihn an. Ich versuchte, ihrem Blick zu folgen, aber sie hielt meinen Arm zu fest, so konnte ich nur einen Umriss wahrnehmen oder besser gesagt erahnen: eine große Figur in meinem Augenwinkel.

»Der Kleine hatte einen Fahrradunfall. Ich glaube, King ist wieder mal ausgebüchst. Irgendwann wird der mal überfahren. So, nun hole ich nur noch ein Pflaster von nebenan, dann ist alles wieder gut. Halt einen Augenblick still, kleiner Mann! Ich bin gleich wieder da.«

Endlich ließ sie meinen Arm los.

»Unterhalte dich in der Zwischenzeit ein wenig mit Samuel!«, sagte sie noch, »er wird sich darüber freuen.«

Ich lasse die Treppe hinter mir und gehe zum Wasser hinunter. Überall entlang des schmalen Strandstreifens liegen Holzstücke und Zweige, Müll, Teile von Gewächsen und anderes Zeug, das von den Wogen an den Strand gespült wurde. Ich hocke mich hin und betrachte die Schnecken und kleinen Kiesel. Neben einem roten, glatt geschliffenen Stück Glas liegt eine graue Feder; vorsichtig bürste ich ein wenig Schmutz und Sand davon ab. Während ich sie hin und her bewege, schillert sie stahlblau und lila. Ob sie von einem Reiher stammt?

Die Wellen, die vom Meer heranschlagen, sind ebenso grau, haben aber einen deutlich schwereren und kälteren Farbton als die Vogelfeder in meiner Hand, und die hellen Spitzen der Wogen werden vom Wind zerstoben. Alles trägt dazu bei, mein Gefühl von Zerrissenheit und Zersplitterung zu verstärken. Der Herbst geht unweigerlich in den Winter über.

Langsam erwachte ich von Carolinas Stimme; sie summte ein Lied. »*... nun fällt des Winters erster stiller Schnee, und der Sommer geht ...*«

Ich roch ihren Duft, als sie sich durch den Raum bewegte – weich und warm mit einem deutlichen Hauch von Gewürznelke und Veilchen.

Ich öffnete die Augen und schaute sie an.

»Du bist eingeschlafen, Mattias.«

»Ja, das bin ich wohl.«

»Ich glaube, du hast etwas Schönes geträumt. Du hast die ganze Zeit über gelächelt.«

»Ja, ich habe von Rehen auf einer Heide geträumt. Und dann kam der Nebel ...«

Der schön verzierte, bronzefarbene Rahmen um Samuels Porträt wirkt noch ganz, nur das Glas hat einen Sprung. Ich nehme das Bild auseinander, werfe die dünne gebrochene Glasscheibe und das vergilbte Passepartout weg. Das Foto gewinnt dadurch, dass es nicht mehr so eingezwängt ist. Die Schultern treten hervor, und das helle Einstecktuch in der Brusttasche seines Jacketts bringt das Bild in Balance. Nun kann ich auch die Signatur entziffern: *Edith Johansson, 1950.*

Ich fühle mich von Samuels Augen angezogen. Sie sind so seltsam hell auf der Fotografie, viel heller, als sie in Wirklichkeit waren, es scheint fast, als würden sie von sich aus leuchten. *Ein eingebautes Licht, das sie fast magisch erscheinen lässt.*

Ich stelle die gerahmte Fotografie auf meinen Schreibtisch neben Samuels Fernglas und nehme den Brief, den er mir im Kirchturm hinterlassen hat, öffne ihn und lese noch einmal seine Worte:

Ich hatte eine große Liebe in meinem Leben, das weißt Du bereits. Und dann hatte ich Dich. Darf ich sagen, dass ich auch Dich auf eine Art geliebt habe, wenn auch auf eine ganz andere Weise? Mehr in Form einer Freundschaft. Ich habe nie etwas von Dir verlangt, und ich glaube nicht, dass ich Dir je etwas aufgezwungen habe, weder Gedanken noch Ansichten oder Handlungen. Ich habe es immer genossen, Dich in mei-

ner Nähe zu haben, ich habe immer gerne an Dich gedacht und Dich in meinen Gedanken gehabt. Und es hat mich jedes Mal sehr gefreut, wenn Du mich besucht, mich angerufen oder mir einen Brief geschickt hast. Das wollte ich Dich wissen lassen.

Ich bin nun ein ziemlich alter Mann und glaube nicht, dass wir uns noch einmal sehen werden. Deshalb schreibe ich Dir: Denn Du sollst wissen, dass ich immer noch oft an Dich denke, Mattias, und dass ich Dir im Leben alles Gute wünsche.

»Du bist wie ein Lied. Ich höre Dich, wohin ich geh ...«

Meine allerwärmsten Grüße
Dein Freund Samuel

Erst als ich ihn wieder zusammenfalte, um ihn in sein hellgelbes Kuvert zurückzustecken, sehe ich, dass auch auf der Rückseite etwas geschrieben steht, einige Zeilen, die ich beim ersten Lesen übersehen haben muss, nachdem ich den Brief oben auf dem Kirchturm gefunden hatte.

Mattias, mein Freund! ~~Falls Du das liest, wenn ich schon nicht mehr am Leben bin, will ich~~ Es gibt noch einen weiteren Brief für Dich hinter den Palmen, Zeilen, die Dir einiges erklären, wenngleich sie Dich auch durcheinanderbringen werden. Auf jeden Fall will ich nicht, dass Du ihn liest, solange ich noch lebe. Versprich mir das! Samuel.

Hinter den Palmen? Habe ich mich verlesen? Nein, da steht wirklich *hinter den Palmen.*

Ich drehe das Kuvert um und betrachte die Briefmarke aus Französisch Ozeanien. Hinter dem jungen Fischer mit Lendenschurz sehe ich einen Sandstrand, auf dem einige Palmen zu erkennen sind. Ich lächle und betaste das Kuvert; es fühlt sich ungewöhnlich dick an. Einige Augenblicke später löse ich das hellgraue Futter mit meinem Taschenmesser aus dem Kuvert heraus und finde dahinter einen weiteren Brief.

Er ist auf dünnem Luftpostpapier geschrieben, leicht wie Spinnennetz und fast durchsichtig. Die blaugraue Tinte ist hier und dort ein wenig verschmiert, als wäre das Papier feucht gewesen, als der Brief geschrieben wurde, und es ist nicht ganz einfach, die zierliche Handschrift zu entziffern.

Ich setze meine Lesebrille auf und schalte die Schreibtischlampe an.

An alles erinnere ich mich, Mattias, und viel zu deutlich. Messerscharfe Bilder. Jedes Detail. Die Erinnerungen sind eine schreckliche Bürde, die ich viel zu lange mit mir herumgeschleppt habe. Was passiert ist, musste geschehen, und dennoch hat es mich mein Leben lang belastet. Er war so gemein, so verletzend, vor allem meiner Mutter gegenüber.

Ich habe meinen Vater nach seiner Arbeit unten am Kai getroffen. Er sprach von einem anderen Job, dass er etwas für einen seiner Chefs erledigen musste und meine Hilfe dafür brauchte. Er war sauer, weil der Mann, der ihm helfen sollte, nicht gekommen war, und fluchte, weil er eigentlich keine Zeit hatte. Er hatte eine Verabredung mit einer Frau und wollte dort nicht verschwitzt ankommen. Ich fragte ihn, ob meine Mutter das wusste, da gab er mir eine Ohrfeige und schrie, dass es uns einen Dreck anginge, was er tat. »Ihr ekelt mich an mit eurem feinen, reinen Gewissen«, sagte er. »Du ekelst mich an.«

Er nahm mich auf dem Fahrrad mit zu einer Villa in Kolberga. Ich versuchte, mich darauf zu halten, ohne ihn dabei anzufassen. Der Chef war nicht da, niemand anderer war da. Nur wir zwei. Ein alter, fast trockener Brunnen sollte aufgefüllt werden, weil die Villa an die städtische Wasserversorgung angeschlossen worden war. Neben dem Brunnen lagen eine Menge Steine aus dem Steinbruch bei Lilla Mark und ein Haufen Kies. Seine Wut machte ihn unkonzentriert. Als er die Planken wegschob, die über dem Schacht lagen, verletzte er sich an einem Nagel. Ich wollte ihm helfen, aber da wurde er nur noch wütender und holte aus, um mich zu schlagen. Ich schaffte es gerade noch rechtzeitig, mich zu ducken, und er verlor das Gleichgewicht und fiel geradewegs in den Brunnenschacht. Ich hatte ihm in die Kniekehle getreten, als ich mich zur Seite warf, ich glaube, er ist deswegen in den Brunnen gefallen.

Ich weiß nicht, wie tief das Loch war, vielleicht vier oder fünf Meter. Ich hörte ihn noch einen Augenblick lang, einige schreckliche Sekunden sein schwaches Stöhnen. Keine Worte. Es war fast unmenschlich. Dann war es still. Einmal rief ich hinunter: »Gustaf!« Und dann noch einmal. Aber ich bekam keine Antwort. Es war vollkommen still. Ich wagte nicht hinunterzuschauen. Ich wollte auch nicht.

So rollte ich den ersten Stein zum Loch und schob ihn über den Rand. Dieses Geräusch höre ich immer noch. Ein unbeschreibliches Geräusch, ungleich allem, was ich je gehört hatte. Dann rollte ich den nächsten Stein hinein. Und dann noch weitere. Ich schuftete viele Stunden. Als ich fertig war, als ich nicht mehr konnte, waren es nur ein paar Meter bis zum ersten Steinblock. Ich füllte das Loch mit einer Schicht Kies auf, bedeckte es mit den Planken, die schon dort gelegen hatten, als wir gekommen waren, und machte mich davon.

Ich fuhr das Rad zum Hafen zurück. Ich musste die ganze Zeit im Stehen radeln, weil es so groß war. Das Blut pochte in meinen Schläfen. Ich stellte es dort ab, wo mein Vater es festgemacht hatte, dann ging ich nach Hause.

Einige Nächte später, als ich mit schrecklichen Albträumen erwachte, erzählte ich meiner Mutter alles. Anfangs hat sie mir nicht geglaubt, sie nahm wohl an, dass die Geschichte nur Teil meines schrecklichen Traums gewesen sei. Aber einige Tage später, als Elisabeth bei einer Schulfreundin war, sprachen wir noch einmal darüber. Mutter war völlig außer sich, weil sie Angst hatte, dass man mich festnehmen würde. Nach vielen Wenn und Aber beschlossen wir, nie wieder darüber zu sprechen. Und an diesen Beschluss haben wir uns gehalten.

Außer meiner Mutter und mir gibt es nur einen einzigen Menschen, der dieses schreckliche Geheimnis kennt, und das ist Willam. Vielleicht ist es das, was ihn verschreckt hat. Mehr als ich ahnte. Vielleicht hätte ich es besser für mich behalten sollen. Aber ich musste es jemandem sagen, vielleicht habe ich gehofft, damit einen Teil der schrecklichen Last loszuwerden.

Jemand hatte meinen Vater und mich am Kai gesehen. Ich erzählte der Polizei, dass er mir dort gesagt hätte, dass er wegen eines Nebenjobs später nach Hause kommen würde. Das war alles, was ich sagte. Einige Wochen später marschierten die Deutschen in Polen ein, und der zweite Weltkrieg war ausgebrochen. Niemand kümmerte sich mehr um meinen Vater.

Es ist eine fürchterliche Geschichte, Mattias, und sicher eine fürchterliche Erkenntnis für dich. Ich habe das viel zu lange mit mir herumgetragen. Dabei war es nur ein Unglück, obwohl er es verdiente … Nein, ich weiß nicht, ob ich dieses harte Urteil immer noch aufrechterhalten kann. Er war gemein. Mein ganzes Leben lang habe ich die Worte »böse« und »schlecht« mit ihm assoziiert, dem Mann, der mein Vater war. Er starb an einem Abend, an dem ich gerade mal zehn Jahre alt war, ein Kind, aber er hat mich niemals verlassen. Das war meine Strafe.

Es gibt Geheimnisse, und es gibt Geheimnisse. Manche sind viel zu groß, um von einem Menschen alleine, getragen zu werden, und das kann nicht gut ausgehen.

Vielleicht findest Du es unnötig, dass ich Dir das alles erzähle, aber ich tue das gerne. Du hast schon so viel anderes über mich und mein Leben erfahren. Und ich glaube, dass Dir diese Geschichte einiges erklärt, worüber Du vielleicht immer schon nachgedacht hast. Denn egal, wie man es betrachtet, alles, was im Leben eines Menschen geschieht, hat etwas miteinander zu tun. Oder wie meine Mutter immer sagte, als ich noch klein war: Alles hängt irgendwie zusammen.

Vielleicht kommt Dir das komisch vor, aber ich fand immer, dass Du der Einzige außer Willam bist, den ich gewagt habe zu mögen.

Dein Freund Samuel

Meine Hände zittern, und ich muss den Brief auf den Schreibtisch legen, um ihn noch einmal zu lesen.

Ich suche seine Augen auf der Fotografie. Ist das Licht immer noch da? Hat es seine Kraft verloren?

Er begegnet meinem suchenden Blick, und plötzlich verändert sich sein Gesicht. »Ich wollte, dass es passiert. Und ich wollte es auch nicht.«

Etwas legt sich über sein Gesicht – eine kaum merkliche Veränderung wie Rauch oder ein durchsichtiger Schleier –, und eine Trauer, die man davor nicht gesehen hat, wird deutlich. Selbstverständlich.

»Stimmt das, Samuel?«, flüstere ich, aber ich kenne die Antwort bereits. Das war also dein großes Geheimnis. Das fürchterliche Geheimnis, wie Willam in einem seiner Briefe schreibt, das Geheimnis, das, sollte es je ans Licht kommen, eine ganze Welt zum Einsturz bringen könnte. Das war also deine Bürde.

SECHZEHN

Auf dem Boden neben dem Berg seiner Bücher steht die alte Pralinenschachtel mit einer winzigen Auswahl von Samuels ehemaliger Briefmarkensammlung. Ich hebe sie hoch, stelle sie auf den Couchtisch und trete ans Bücherregal heran. Oben auf einem kleinen Stoß mit CDs neben der Stereoanlage liegt eine Sammlung mit britischer Musik für Streichorchester. Ich lege sie in den Spieler und drücke auf die Playtaste. Die Violinen schleichen sich in mein Zimmer und legen einen weichen Klangteppich um mich.

> Das Fenster zum Tal stand offen, die trillernden Lieder des Zaunkönigs und der Kohlmeise suchten sich in den Raum und weckten mich. Samuel war schon wach. Er setzte sich neben mich, als er sah, dass ich schon wach war, und streichelte mir über meinen Rücken und meine Schultern. Seine Hand war warm. Rau und warm.
>
> »Hast du etwas geträumt?«, wollte er wissen.
>
> »Ich kann mich nicht erinnern. Doch, da war … etwas mit meinem Vater. Er wollte auf einen hohen Berg klettern, und weil ich mitwollte, wurde er böse.«
>
> »Warum wurde er denn böse?«
>
> »Ich weiß nicht. Das habe ich nicht verstanden.«
>
> Seine Hand hielt inne.

Ich rollte auf meine Seite, legte den Kopf auf meinem Arm. Samuel zog seine Hand zurück. Und die Glocken der Döderhultskirche – die kleinen oder die großen – vermischten sich mit dem Gesang der Vögel.

»Und dein Vater? War er immer böse?«

Es dauerte eine Weile, bis er antwortete. »Ja, eigentlich schon. Nur wenn wir angeln fuhren, war er manchmal gut gelaunt. Aber wenn er nichts fing, wurde er sauer. Und schimpfte mich aus. Dass ich zu viel Lärm machte oder sonst was.«

Mich überkommt plötzlich Wehmut, als wäre ich der Einzige, der weiß, dass Samuel gelebt hat. Rigmor und das Personal im Pflegeheim sahen in ihm nur einen alten Mann, müde und oft mürrisch. Seine Mutter, die ihn viele Jahre beschützt hatte und sein großes Geheimnis kannte, ist selbst noch viel älter – vielleicht sogar müder, als Samuel je gewesen ist –, und ihre Erinnerungen von fast einem Jahrhundert sind zu Fragmenten zersplittert, schweben ohne Ordnung oder Verbindung zueinander im Raum. Und andere, die Samuel gesehen haben, unter anderem meine Mutter, erinnern sich vielleicht an ihn, aber wenn, dann nur als eine Gestalt, der sie nie oder bestenfalls selten nahe gekommen sind. Nur ich erinnere mich. Ich erinnere mich an ihn. An seine dunklen Augen, die eine fantastische Verwandlung durchmachten, wenn er plötzlich lächelte. Seine großen Hände. Hände, die mit den zerbrechlichen Briefmarken so behutsam umgehen konnten, dass niemals auch nur ein Zahn beschädigt wurde, Hände, die meinen Rücken und meine Schultern mit einem Druck streichelten, der sich immer sicher und wohlig anfühlte.

Und ich weiß als Einziger, dass Samuels nur wenige Augenblicke lang wirklich gelebt hat, nämlich in jenen Stunden – Tagen und Nächten –, die er mit seiner großen Liebe, Willam, dem Matrosen, zugebracht hatte.

Aber die Wehmut, die ich verspüre, hat auch etwas mit mir zu tun, mit meinem Leben, mit den Schritten, die ich selbst noch nicht gemacht habe. Ist es diese Angst, Samuel? Die Bequemlichkeit und Sicherheit, nichts zu tun, nicht zu handeln?

Ich schenke mir ein Glas Wein ein und setze mich in den Sessel, dann nehme ich die Pralinenschachtel und hebe den Deckel hoch.

»Ultramarin.« Man hört schon am Wort, dass es etwas Wunderschönes beschreibt. Ultramarin. Wie die Farbe auf der Fünf-Cent-Marke vom Yellowstone Nationalpark, die immer ganz oben in der Schachtel liegt. Direkt darunter liegt noch etwas, das meine Aufmerksamkeit auf sich zieht. Noch eine blaue Marke, wenn auch nicht so knallig blau. Eine französische Luftpostmarke. Ein Flugzeug ist darauf aufgebildet, dessen Flügel, Körper und Schwanz ungewöhnlich geformt sind. Es fliegt über etwas, das wie ein blaue Insellandschaft aussieht oder wie eine Nachtansicht von einer Stadt, die nur von Straßenlampen und Neonschildern erleuchtet wird. In der rechten unteren Ecke steht das Wort *Noratlas*.

Ich werfe einen Blick auf die Fotografie von Samuel. Das Licht, das durch die Fenster hereinfällt, ist schwach und vermag nicht mehr, den Farben Tiefe zu verleihen. Alles wirkt bleich, die Gewächse auf dem Fensterbrett, der Stoff auf dem Schreibtischstuhl, die Rücken der Bücher, die auf dem Schreibtisch liegen, der hellgelbe Brief. Nur der helle Metallrahmen schimmert schwach im Schein. Der Schatten von einem der Blumentöpfe verleiht Samuels Gesicht Tiefe. Nun ist der traurige Ausdruck nicht mehr so deutlich; die Augen und das sanfte Lächeln wirken fast lebendig.

Seine dunklen forschenden Augen. Und die Stimme – dunkel, leise, fast eintönig –, als er fragte, wer ich bin.

Die Musik ist lauter geworden; die Streicher tosen ebenso kraftvoll und ergreifend heran wie die Sturmböen vor meinem Fenster. Ich nehme noch einen Schluck Wein und widme mich dann wieder Samuels Briefmarken.

»Magst du Schmetterlinge?«

»Ich glaub schon.«

»Ich mag auch Schmetterlinge. Und magst du Briefmarken?«

»Ja, bestimmt.«

»Das ist gut. Dann werde ich dir meine zeigen, wenn du möchtest. Ich kann dir welche zeigen, wenn du möchtest. Ich habe viele Marken. Viele Tausend.«

Ich zwinkere. Die Musik hat aufgehört, in meinem Zimmer ist es wieder still. Vor meinem Fenster höre ich immer noch den Wind, aber es kommt mir so vor, als hätte er etwas nachgelassen. Er spielt mit einer Dose im Hof; es klappert und scheppert, während sie auf dem Asphalt hin und her rollt.

Dann knarrt das Parkett hinter mir. Ich erkenne den Schritt und muss mich nicht umdrehen, um zu wissen, wer es ist. Samuel kommt in mein Zimmer.

Ich fühle, wie er seine Hand ausstreckt, den Druck, als er sie auf meine Schultern legt. Etwas später – Augenblicke oder Minuten – berührt er mit seinem rechten Zeigefinger die Nasenwurzel zwischen meinen Augen. Eine Weile lässt er seinen Finger dort, still und unbeweglich.

Meine Augen sind immer noch geschlossen. Ich glaube, seinen Puls zu fühlen. Oder ist es etwa mein eigener? Ein dumpfer, beruhigender Rhythmus – weit entfernt und nahe zugleich, fremd und vertraut zugleich – wie etwas aus einem Traum.

»Mein Freund«, sagt er. »Weißt du, was sich dahinter befindet?«

Ich sage nichts, warte nur darauf, dass er fortfährt.

»Ich glaube, hier drin sitzt die Seele. Genau hier, direkt hinter meinem Finger.«

»Ein Seelenversteck also«, flüstere ich behutsam, so wie man versuchen würde, nach einer Seifenblase zu greifen.

»Ja, genau«, antwortet er und verstärkt den Druck seines Fingers.

»Ein Seelenversteck. *Dein* Seelenversteck. Pass gut darauf auf, mein Freund. Pass sehr gut darauf auf.«

Ich nehme seine Hand – sie ist so viel größer als meine – und lege sie mir auf die Brust. Er drückt seinen Handteller flach gegen meine Brust, ich kann seinen Puls deutlich fühlen, den Schlag meines eigenen Herzens.

»Und hier drin, genau hier unter meiner Hand …«

»Wohnt die Liebe«, setze ich fort, »meine Liebe.«

Anmerkungen:

Gösta Adrian-Nilsson, GAN, 1884-1965, war ein schwedischer Maler und Schriftsteller. Er gilt als Pionier der schwedischen Moderne. Die Sammlung von Erzählungen, die im Kapitel 6 Erwähnung findet, trägt den Titel Den försvunna modellen und wurde 1912 veröffentlicht. GAN schrieb auch Gedichte.

Vilhelm Ekelund, 1880-1949, war ein schwedischer Dichter, Schriftsteller und Ahorist. Seine Gedichte - hauptsächlich im ersten Jahrzehnt des zwanzigsten Jahrhunderts verfasst - hatten großen Einfluss auf andere schwedische Dichter.

Das Gedicht *Då voro bokarna ljusa,* das in diesem Buch auf Seite 122 vollständig zitiert wird, wurde von Klaus-Jürgen Liedke ins Deutsche übertragen.

Helge Lindqvist, 1913-1967, war ein schwedischer Maler und Bildhauer. Seine frühen Werke waren eher naturalistisch, doch bald wandte er sich der nichtfigürlichen Darstellung zu. Helge Lindqvist, der auch ein begnadeter Geiger war, war der Bruder meines Vaters. Er starb bei einem Unfall im Jahre 1967.

Zitate:

Nick Cave:
Love letter, aus dem Album *No More Shall We Part*, Mute Records 2001

Inger Christensen:
Alphabet, Gyldendal, Kopenhagen 1988
Deutsch von Hans Grössel, Verlag Kleinheinrich, Münster 1988

Vilhelm Ekelund:
Stum sång, Mot alla stjärnor spanar... und *Då voro bokarna ljusa* aus der Gedichtsammlung *Melodier i skymning,* Albert Bonniers Verlag, Stockholm 1902, *Smak... und Mnemosyne...* aus der Aphorismensammlung *Elpidi*, Tryckeriaktiebolaget Demokraten, Helsingborg 1939

Dorothy Sayers:
De nio målarna (Originaltitel: The Nine Tailors), ins Schwedische übertragen von Sonja Bergvall, Albert Bonniers Verlag, Stockholm 1939

Carl Skottsberg:
Das Vorwort zu Erling Christophersens *Tristan da Cunha - den ensamma ön,* Norstedts, Stockholm 1946

Beppe Wolgers:
En gång i Stockholm, Warner/Chappell Music Scandinavia AB 1963

Aufrichtigen Dank an das
Baltic Centre for Writers and Translators in Visby
und an
Stiftelsen Gammel Have i Ringe, Dänemark
für die Inspiration und die Möglichkeit, in Ruhe zu schreiben.

Håkan Lindquist
Stockholm, Visby, Ringe, Frühjahr und Herbst 2002